KB260717

좋은 말은 좋은 인생을 만든다

## 좋은 말은 좋은 인생을 만든다

저자/필립 체스터필드
엮은이/이재광
펴낸이/이홍식
발행처/도서출판 지식서관
등록/1990.11.21 제96호
주소/경기도 고양시 덕양구 벽제동 564-4 우412-510
전화/031)969-9311(대)
팩시밀리/031)969-9313
e-mail/jisiksa@hanmail.net

초판 1쇄 발행일 / 2008년 8월 10일

# 좋은 말은 좋은 인생을 만든다

저자  필립 체스터필드
엮은이  이재광

지식서관

# CONTENTS

# CONTENTS

## 판단력과 표현력을 갖추는<br>결정적인 방법

# CONTENTS

## 자신의 품격을 기르기 위한 노력

CONTENTS

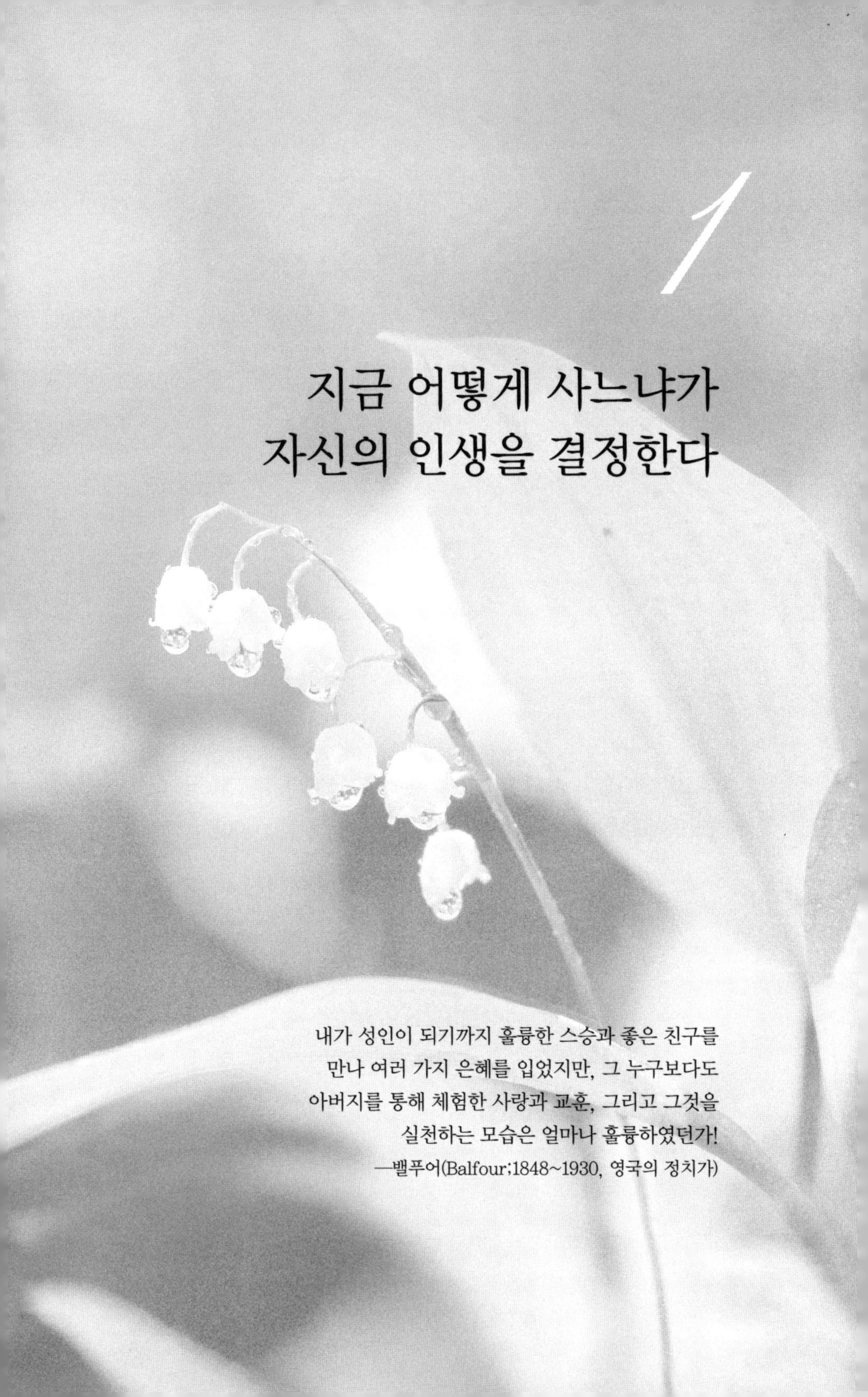

# 1

# 지금 어떻게 사느냐가 자신의 인생을 결정한다

내가 성인이 되기까지 훌륭한 스승과 좋은 친구를
만나 여러 가지 은혜를 입었지만, 그 누구보다도
아버지를 통해 체험한 사랑과 교훈, 그리고 그것을
실천하는 모습은 얼마나 훌륭하였던가!
—밸푸어(Balfour;1848~1930, 영국의 정치가)

●바로 지금이 자기 인생의 기반을 닦을 때이다. 열여덟 살
이전은 전반적인 지식의 토대를 마련하는 시기이다

●●●●●

세상을 살아가는 데 있어서 꼭 명심해야 할 것이 있다.

그것은 다름아닌 시간의 소중함을 알고, 그것을 현명하게 사
용해야 한다는 사실이다. 하지만 수많은 사람들 중에서 시간의
중요함을 진심으로 느끼고 있는 사람은 거의 없는 것 같다.

그리고 그들은 시간을 마치 하수구에 버리듯 낭비하면서도
심각한 표정을 지으며 말한다.

‘시간은 참으로 귀중하다.’ 또는 ‘세월이란 눈깜짝할 사이에 스쳐 지나가 버린다.’는 등 입에 발린 말들을 하고 있다.

우리들 주위에는 시간에 관한 격언이 산더미같이 많이 있어서 그것들을 적당히 추스려 입에 올리기란 그리 어려운 일이 아니다.

하지만 그러한 격언이 단지 이해하는 수준에서 그친다면 그것은 매우 애석한 일이다. 즉, 몸소 실천하여 다른 사람을 설득할 수 있을 정도로 행동을 보여 주고 있지 않다면, 정말로 시간의 가치를 이해하고 소중히 다루고 있다고는 말하기 어렵다.

어쨌거나 우리는 시간의 귀중함을 잘 알고 있어야 한다. 그것은 매우 중요한 사항이다. 어떻게 인식하고 있느냐에 따라서 앞으로 나 자신의 인생은 하늘과 땅이라고 할 만큼 커다란 차이가 생기기 때문이다.

먼저, 열여덟 살 이전은 전반적인 지식의 토대를 마련하는 시기라고 볼 수 있다. 만약 그렇게 하지 못할 경우, 그 이후의 인생을 여러분이 의도한 대로 살아가기란 매우 어려울 수도 있다. 왜냐하면 지식은 인생의 황혼기를 맞이할 무렵에는 자신에게 안락한 휴양지를 제공해 주기 때문이다.

## ●20대가 되기 전은 인생에 있어서 매우 중요한 시기이다. 지금 시간을 낭비하면 큰 후회를 하게 된다

●●●●●

20대가 되기 전은 여러분의 인생에 있어 매우 중요한 시기이다. 그래서 이 시기를 의미 있게 보내기를 진심으로 바란다.

만약 지금 젊은이가 아무 일도 하지 않고 지낸다면 그만큼 지식의 축적이 빈약해질 것이며 인격 형성에도 매우 커다란 손실을 가져올 것이다.

그러나 앞으로의 몇 년을 효과적으로 이용한다면 그러한 시간들에 엄청난 이자가 붙어 자신에게 되돌아올 것이다.

당분간 우리는 면학을 위한 기반을 닦아야 한다. 일단 기반을 확고하게 다져 놓으면, 그 다음은 언제든지 원하는 시기에 원하는 만큼의 지식을 덧칠해 갈 수 있다. 그렇지 않고 절박하게 필요한 시기가 되어서 면학의 기초를 다지려고 하면 그 때는 이미 늦어 버렸다는 후회부터 하게 되기가 쉽다.

또한 젊었을 때 기반을 닦아 놓지 않은 채 나이가 들면 매력이라고는 찾아볼 수 없는 사람이 되어 버리고 만다. 일단 사회에 나가게 되면 억지로 시간을 내어 책을 읽으라고는 강요하지 않는다. 무엇보다도 그럴 정신적인 여유가 없기 때문이다. 설령 여유가 생긴다 하더라도 그 때는 이미 책만 읽고 있을 한가한 신분이 아닌 까닭이다.

그러므로 젊은이의 인생에 있어서 10대야말로 유일한 면학의 시기, 이를테면 다른 어떤 사람의 방해도 받지 않고 마음껏 지식을 축적할 수 있는 시기이다.

하지만 지겨울 때가 있을 것이다. 그럴 때는 이렇게 생각하라. '이것은 언젠가 한 번은 꼭 통과해야 하는 길, 한 시간이라도 더 버틴다면 그만큼 빨리 목적지에 도착할 수 있게 된다. 그만큼 빨리 자유로워질 수 있는 것이다. 좀더 빨리 자유롭게 될 수 있는가 없는가는 오로지 지금의 시간을 어떻게 활용하느냐에 달려 있다.' 라고.

## ● 자기 발전에 '지나친 노력'이란 없다.
### 명석한 두뇌가 되기 위해서는 각고의 노력이 필요하다

● ● ● ● ●

젊을 때의 건강은 조금만 절제를 하면 특별히 주의하지 않아도 충분히 유지될 수 있다.

그러나 두뇌는 그렇지 않다. 따라서 젊을 때에는 평상시 절제하는 마음가짐이 필요하다. 때로는 두뇌를 쉬게 하는 등의 물리적인 방법도 필요하다. 지금의 이 몇 분을 효과적으로 사용하느냐 못하느냐가 요점이며, 그것은 장래의 두뇌 활동에도 큰 영향을 미치게 된다.

그것뿐만이 아니다. 두뇌를 명석하고 건강한 상태로 유지하기 위해서는 각고의 훈련이 필요하다. 훈련된 두뇌와 그렇지 못한 두뇌를 비교해 보면 확연한 차이가 있다. 누구든지 두뇌를 훈련하기 위해서 아무리 많은 시간과 노력을 투자해도 지나치지 않다는 생각을 갖고 있을 것이다.

물론 때로는 특별한 훈련을 하지 않았는데도 자연적으로 천재가 되는 경우도 있다. 하지만 그런 경우는 그다지 흔한 일이 아니기 때문에 막연하게 그것을 기대하고 기다릴 수는 없다. 더구나 그런 천재가 좀더 효과적인 훈련을 받는다면 훈련받은 만큼 더 많이 총명하게 될 것은 자명한 일이다.

그러므로 좀더 늦기 전에 충분한 지식을 쌓아 두는 노력을 게을리하지 말아야 한다. 그렇게 할 수 없다면 목표의 완벽한 성취는 고사하고 평범한 인간조차 되기 어려울 것이다.

여러분 자신의 입장을 생각해 보자. 자기에게는 성공의 발판이 될 지위나 재산이 없다. 부모가 언제까지 나를 도울 수 있을는지 모른다. 아마 내가 험난하기 그지없다는 세파에 입문할 무렵이면 부모님은 은퇴하고 계시지 않을 것이다.

그렇다면 여러분은 무엇에 의지하겠는가? 무엇을 기대하겠는가? 자기 스스로의 힘 이외에는 아무것도 기댈 것이 없다. 스스로의 능력만이 출세의 유일한 길잡이가 되어 주며, 또한 그렇게 되지 않으면 안 된다.

가끔씩 자기는 뛰어난 사람인데 인정을 받지 못했다든가 보답을 받지 못했다는 생각을 하게 된다. 그러나 그것은 거의가 사실과는 다른 주장이다. 한 번 더 강조하고 싶다. 어떠한 어려움이 있더라도 뛰어난 사람은 분명히 성공을 거두게 된다.

## ● 머지않아 사회에서 성공할 그 날을 위하여 지식과 식견을 많이 쌓아야 한다

● ● ● ● ●

여기에서 '뛰어나다고 말하는 것은 지식(知識)과 식견이 있고, 생활 태도 역시 훌륭한 사람들을 일컫는다. 식견이 얼마나 중요한지는 새삼스럽게 강조할 필요가 없을 것이다. 굳이 한 마디 하자면 넓은 식견을 가지지 못한 사람은 결국 쓸쓸한 인생을 살아가게 된다는 사실이다.

지식 또한 마찬가지이다. 자신이 무엇을 인생의 목표로 설정하든지간에 반드시 몸에 익혀 두지 않으면 안 되는 요소이다.

태도는 지금 열거한 지식이나 식견이 밖으로 노출되어지는 자신의 표현이다. 따라서 그것 역시 중요하다고 말할 수 있다. 태도는 어떤 목표를 달성하는 데 있어 도움이 되기도 하고 방해가 되기도 한다. 그리고 사람의 마음을 강하게 잡아당기거나 소원하게 하는 것은 지식이나 식견이 아니라 바로 그 사람의 태도에 달렸다.

우리는 아직 어리기 때문에 부모가 자식의 앞날을 생각하고 있는 만큼 자기 자신의 장래를 진지하게 생각해 보지 않을 수도 있다. 따라서 지금의 이런 충고가 자신에게 어떤 도움이 되는지는 모르겠지만, 다음부터 시작하는 이야기에 귀를 기울여 주기 바란다. 아니, 반드시 따라서 하도록 각고의 노력을 기울여 주기를 간절히 바란다.

성공하기 위해서는 꼭 실천해 주기를 바란다. 그렇게 하면 언젠가는 이런 충고에 감사한 마음을 가지게 되는 날이 올 것이다.

# 2

# 인생의 그릇을
# 보다 크게 하는 삶의 방법

아이에게는 비평보다 모범이 필요하다.
—쥬베르(Joubert:1754~1824, 프랑스의 모랄리스트)

## ●특별한 노력을 기울이지 않고 자란 거목巨木은 없다

● ● ● ● ●

태만이라는 것과 관련해서 꼭 말해 두고 싶은 것이 있다. 자신이 알고 있는 바와 같이 아버지의 애정은 연약한 어머니의 애정과는 사뭇 다르다.

즉 아버지는 자식의 결점을 보고 시선을 돌리는 따위의 행동은 하지 않는다. 아니 오히려 그 반대이다. 결점이 있을 경우에 그것을 더 빨리 발견한다. 그것이 아버지의 의무이며 특권이라고 생각하기 때문이다.

따라서 지적된 결점을 고치려고 노력하는 것은 자식의 의무이며 권리라고 생각한다. 하지만 자신의 생각은 어떤지 돌이켜 보기 바란다.

대부분의 젊은이들은 성격이나 재능면에서 특별한 문제점이 발견되지 않는다. 다만 약간 태만하다는 점이라든가 주의력이 없다는 점, 그리고 무관심한 태도 등이 마음에 걸린다. 그러한 것들은 신체나 정신이 노쇠한 노인도 아니고―왜냐하면 인생의 황혼기를 맞이할 무렵의 노인이라면 한가한 여생을 바라는 것이 당연하기 때문이다―10대 혹은 20대인 젊은이들에게는 결코 허용될 수 없는 일이다.

젊은이는 다른 사람보다 앞서기 위하여, 그리고 다른 사람보다 현명해지기 위하여 노력하지 않으면 안 된다. 무엇이든 민첩하고 적극적으로 끈기 있게 행동해야 한다.

시저(Caesar;100~44 B.C. 로마 최대의 정치가)는 '훌륭한 행동이 아니면 행동이라고 말할 수 없다.'고 했다.

어떤 젊은이에게는 용솟음치는 활력과도 같은 박력이 다소 부족해 보인다. 하지만 그러한 활력은 주위에 있는 사람들을 즐겁게 만드는 힘을 심어 주며, 다른 사람보다 앞서고 두드러지기 위해 노력하는 원동력이 된다.

분명히 말해 두는 바이지만, 존경받을 만큼 가치가 있는 사람이 되기를 바란다면, 먼저 그렇게 되기 위한 노력을 해야 한다.

그러한 노력을 기울이지 않은 채 존경을 바란다는 것은 어리석은 일이기 때문이다. 이것은 진실이다. 다른 사람을 즐겁게 하기 위하여 자신이 마음을 기울이지 않는다면 결코 남을 즐겁게 해 줄 수 없다.

사람이란 누구나 자신이 되고자 하는 바를  이룰 수 있다고 믿는다. 보통 수준의 지식을 가지고 있는 사람은 능력을 계발하고 집중력을 기르면, 즉 끊임없는 노력을 하면 누구든지 원하는 바를 이룰 수 있다.

어떤 젊은이는 장차 급변하는 거대한 사회의 일원이 될 것이다. 사회에서 성공하기 위하여 지금 내가 해야 할 일은 무엇일까?

그것은 세계 각국의 정치 정세, 각국 간의 이해 관계, 경제 상태, 역사 · 관습 등에 관한 다양한 지식을 갖추는 일이다.

이는 보통의 두뇌를 가진 사람이 보통의 노력을 기울이기만 한다면 어렵지 않게 능히 할 수 있는 일들이다. 그것이 불가능하다는 말은 허용되지 않는다. 자신이 무엇을 해야 좋은지를 알고 있으면서도 그것을 하지 않는 태도는 무슨 말로도 변명할 여지가 없다. 이것은 바로 태만이기 때문이다.

## ● 발전은 '조금만 더' 하는 욕심에서 비롯된다

● ● ● ● ● ●

태만한 사람은 모든 일을 끝까지 노력하지 않는다. 조금이라도 어렵거나 귀찮다고 생각되면 끝까지 배우려 들지 않고—대부분 터득하거나 몸에 익힐 만한 가치가 있는 것은 다소의 어려움, 또는 귀찮음이 따라다니지만—겉핥기에 불과한 지식을 얻는 데 만족해 버린다. 말하자면 조금 더 참고 어려움을 견디어내느니 차라리 바보로 모르는 채 사는 것이 낫다고 생각해 버린다.

이런 사람들은 모든 일에 있어 '불가능' 부터 생각하고 '불가능하다!' 는 전제하에서 시작한다. 사실 진지하게 분석해 보면 정말로 불가능한 일이란 그다지 많지 않은데도 사람들은 그렇게 생각하는 경향이 있다. 이런 사람들에게는 단지 어려운 일이 곧 불가능한 일이 되어 버린다. 자신의 태만을 변명하기 위하여 그렇게 생각해 버린다.

그들에게는 한 가지 일에 대해서 한 시간 동안 집중하는 것도 고통이다. 그러므로 무슨 일이든 처음에 이해한 대로 해석한다. 결코 다각적인 면에서 생각하려 하지 않는다. 즉, 깊이 생각하지 않는 것이다.

이런 사람은 통찰력이나 집중력을 모두 갖춘 사람과 이야기하기 시작하면, 금세 무지와 태만이 백일하에 드러나게 되어 횡설수설 종잡을 수 없는 답변밖에 할 수 없게 된다.

따라서 맨 처음의 시도에서, 귀찮다는 생각이 들더라도 포기해서는 안 된다. 오히려 기분을 전환시켜, 성인이라면 누구나 알고 있어야 할 일이라면 자신은 철저하게 알아야겠다는 욕심을 갖기 바란다.


## ● 전문 분야가 아니더라도 다양한 지식을 갖는 것이 중요하다

● ● ● ● ●

지식 중에는 어떤 특정한 직업을 가진 사람에게는 필요하지만 그 밖의 사람에게는 거의 필요치 않은 것도 있다. 이를테면 항해학(航海學) 같은 전문 지식은 일상생활 중에 화제로 오르면 당황하지 않을 정도의, 표면적이고 일반적인 지식만 가지고 있어도 충분하다.

그러나, 어떤 직업을 가졌느냐를 막론하고 모두가 공통적으로 알고 있어야 하는 지식에 대해서는 철저하게 알아 두어야 유리하다. 어학 · 역사 · 지리 · 철학 · 논리학 · 수사학 등이 그런 분야이다.

이러한 광범위한 지식 체계를 모두 자신의 것으로 만들기는 그다지 쉬운 일이 아니며, 상당한 노력이 필요하다. 그렇지만 뒤로 미루는 습성을 버리고 꾸준히 공부하면 불가능한 것만은 아니다. 그리고 그 노력이 결국은 몇 배의 보답을 가져다 준다.

다시 한 번 강조하지만, 어리석은 사람들이 곧잘 입에 담는 '그런 일 할 수 없다!' 는 변명의 말을 사용하지 않기를 바라며, 또한 사용하지 않으리라 믿는다. 정신적으로나 신체적으로 불가능한 일이란 있을 수 없다. '한 가지 일에 장시간 집중할 수 없다!' 는 말은 '나는 바보입니다!' '하기 싫습니다!' 라고 말하는 것과 같다.

내가 알고 있는 사람 중에, 자기의 칼을 어떻게 소지해야 할지를 모르는 사람이 있었다. 그래서 그는 식사를 할 때마다 칼을 풀어 놓곤 했다. 칼을 찬 채로는 도저히 식사를 할 수 없다는 것이 그의 생각이었다. 나는 그에게 이렇게 말했다.

"칼을 풀어 놓는 행위는 식사 중에 자신에게나 다른 사람에게 절대로 위험한 일이 일어나지 않는다고 당신이 보증한다는 것을 의미합니다."

아무튼 다른 모든 사람들이 태연하게 하고 있는 일을 '불가능하다!' 고 말하는 것은 정말로 부끄러운 일이며 어리석은 일이라고 아니할 수 없다.

## 작은 일도 소중히 하는 사람은 분명히 성공한다

세상에는 사소한 일로 일년 내내 바쁘게 움직이는 사람들이 있다. 그들은 무엇이 중요하고 무엇이 중요하지 않은지를 잘 모른다. 따라서 보다 중요한 일에 할당해야 할 시간과 노력을 사소한 일에 소비해 버리는 것이다. 이런 사람은 누군가를 만나서 이야기할 때에도 입고 있는 복장에 마음을 빼앗겨, 상대의 인격이나 성품은 전혀 파악하지 못한다.

연극을 보러 가더라도 그 내용보다는 외부 장식에 관심을 둔다. 정치에 대해서도 정책을 가지고 운운하기보다 형식에 사로잡혀 버린다. 이렇게 해서는 아무것도 할 수가 없다.

그런데 똑같이 하찮은 일이라도 그것이 없으면 호감을 살 수도 없고, 사람을 즐겁게 할 수도 없는 것이 있다. 이런 것은 훌륭한 사람이 되기 위하여 지식이나 식견을 넓히고, 훌륭한 태도를 몸에 익히려고 노력하는 것과 마찬가지로 계속 노력하여 몸에 완전히 익히는 것이 바람직하다.

조금이라도 해 볼 만한 가치가 있다고 생각되는 것은 성취하라. 그리고 멋지고 훌륭하게 성취하기 위해서는 무엇보다 먼저 그것에 주의를 기울이지 않으면 안 된다.

## ● 눈앞의 사람에게서 시선을 떼지 말아라

● ● ● ● ●

일반적으로 주의가 산만하다는 평을 듣는 사람은 대부분 마음이 다른 곳에 가 있는 사람이다. 그런 사람은 어떤 자리에 어울려도 즐겁지 않을 것임에 틀림없다. 그러한 사람은 모든 면에서 예의에 벗어난 행동을 하곤 한다.

이를테면 어제까지는 다정하게 지냈던 사람에게 오늘은 모르는 채 얼굴을 돌린다거나, 모두가 같이 잡담을 나누고 있는데도 어울리지 않다가 느닷없이 엉뚱한 이야기로 대화에 끼여들곤 한다. 이러한 현상은 한 가지 일에 정신을 집중시키지 못하는 증거이거나 또는 보다 더 중요한 다른 일에 마음을 빼앗기고 있다고 생각할 수밖에 없다.

천지 창조 때부터 오늘날에 이르기까지 수많은 천재들은 주위에 아무리 많은 사람이 있어도 사색에 몰두할 수 있는 집중력을 갖춘 사람들이었다.

부주의한 사람이나 주의가 산만한 사람만큼 곁에 있는 이를 불쾌하게 만드는 사람은 없다. 그것은 상대방을 모욕하는 것이나 마찬가지의 행동이기 때문이다. 모욕을 받는다는 행위는 누구에게나 용서하기 힘든 일이다. 생각해 보라. 자신이 진정으로 존경하는 사람, 사랑하는 사람을 앞에 두고 다른 생각을 할 수 있겠는가? 그럴 리 없다.

요컨대 어떠한 사람이라도 주목할 만한 가치가 있다고 생각되는 사람 앞에서는 정신을 집중할 수밖에 없다. 그런데, 따지고 보면 그 누구도 주목할 만한 가치가 없는 사람이란 없다.

필자는 마음이 다른 곳에 가 있는 사람과 함께 있기보다는 차라리 죽은 사람과 함께 있는 편이 낫다고 생각한다. 적어도 죽은 사람은 자기를 바보로 취급하지 않기 때문이다. 그러나 함께 있으면서도 마음은 다른 곳에 가 있는 사람은 나에게 주목할 만한 가치가 없는 인간임을 단언하고 있는 듯해서 나를 불쾌하게 만든다.

가령 그러한 태도가 용납된다 하더라도 정신이 산만한 사람이 과연 함께 있는 사람의 인격이나 태도를 정확히 관찰할 수 있겠는가?

그런 사람은 설령 평생 동안 훌륭한 사람들에게 둘러싸여 있다 하더라도 무엇하나 얻지 못한 채 그대로 생을 마감하게 될 것이다. 그리고 현재 해야 할 일, 하고 있는 일에 정신을 집중시키지 못하는 사람은 훌륭한 일을 할 수도 없을뿐더러, 좋은 말벗도 되기 힘들다.

## ● 주의 환기인이 필요할 지경이 되지 않도록 조심해야 한다

아버지는 대체로 자식의 교육을 위해서라면 돈을 아끼지 않지만 자식을 위해 이른바 주의 환기인(注意換起人)을 고용하지는 않는다. 주의 환기인에 관해서라면 스위프트(Swift;1667 ~1745)가 쓴 《걸리버 여행기》를 통해 알고 있으리라 믿는다.

걸리버에 의하면 라퓨타 사람들 가운데 언제나 깊은 사색에 잠겨 있는 사람들이 있는데, 그들은 주의 환기인이 발성 기관이나 청각 기관을 직접 건드려 주지 않으면 말을 할 수도 없고 들을 수도 없다고 한다. 그래서 부유한 집에서는 하인 중에서 한 사람을 고용해 발성 기관과 청각 기관을 건드리도록 하였다.

주인들은 주의 환기인 없이는 외출을 할 수도, 다른 집을 방문하는 것도 불가능하며, 더구나 산책을 할 수도 없다. 왜냐하면 그들은 항상 사색에 잠겨 있으므로 어떤 위험에 봉착하게 될 때 눈꺼풀을 가볍게 건드려서 그것을 알려 주지 않으면 위험을 인식할 수가 없다.

물론 필자는 뭇 젊은이들이 라퓨타 사람들과 같이 깊은 사색에 잠겨 주의가 산만하게 되리라고는 생각하지 않는다. 대개의 경우에는 오히려 머리가 텅 비워져 있는 편이긴 하지만, 그렇다고 해서 너무나 신경을 쓴 나머지 주의 환기인이 필요할 지경이 되지 않도록 조심해야 한다.

## ● 상대방도 자신과 똑같은 '자존심'을 가지고 있다

● ● ● ● ●

구태여 주의 환기인까지 동원하여 실마리를 풀어갈 정도는 아니지만 자신이 주위에 있는 사람들에 대하여 주의력이 부족한 적은 없었는지 돌이켜보기 바란다. 그것은 자신이 그 사람들을 바보로 취급하고 있는 셈이다. 앞서 언급했던 이야기이지만 세상에 자신이 바보 취급을 당해도 좋다고 생각하는 사람은 아무도 없다.

물론 이 세상에는 많은 부류의 사람이 있다. 그 중에는 어리석은 사람도 있고, 변변치 못한 사람도 많이 있을 것이다. 그러한 사람들을 억지로 존경하라는 뜻은 아니다. 그러나 바보 취급을 하라는 것은 더더욱 아니다.

만약 드러내 놓고 그들을 바보 취급 한다면 오히려 자신이 더 철저한 바보가 될 뿐이다. 마음 속으로 상대방을 싫어하는 것은 자유일지라도, 그러한 마음을 겉으로 드러낼 필요는 없다. 그것은 비겁한 일이 아니며, 오히려 때에 따라서는 현명한 태도라고 할 수 있다.

왜냐하면 별로 호감이 가지 않는 사람들이라 하더라도 언젠가 나에게 도움이 되어 줄 때가 올지도 모르기 때문이다. 그럴 때, 자신이 단 한 번이라도 그 사람을 바보 취급 한 경험이 있었다면 상대방은 자신에게 도움을 주지 않으려 할 것이다.

나쁜 짓은 용서받을 수 있지만, 모욕은 용서받을 수 있는 것이 아니다. 모든 사람에게는 자존심이라는 것이 있어서, 그 자존심은 언제까지나 바보 취급 당했던 일을 기억하고 있다.

바보 취급을 당한다는 것은 자신이 저지른 죄 이상으로 숨겨두고 싶은 자신의 약점이나 결점을 일부러 자극하는 것과 같은 결과를 초래할 수 있다. 이것은 참을 수 없는 일이다. 실제로 남의 실수를 친구들에게 말하는 사람은 많이 있지만, 아무리 친한 친구일이지라도 자신의 약점이나 결점을 말하는 사람은 거의 없다.

그와 마찬가지로 잘못을 지적해 주는 친구는 있어도, 친구의 약점을 고의로 자극하는 사람은 없다. 그런 행동이 자존심을 크게 손상시킨다는 사실을 알고 있기 때문이다.

아무리 어리석은 사람이라 하더라도 모욕을 당하게 되면 그것에 분개할 만큼의 자존심은 가지고 있다. 그러므로 모욕이란 바로 평생의 원수를 만드는 가장 확실한 방법이다. 따라서 아무리 모욕을 받을 만한 사람일지라도 그것을 겉으로 나타내서는 절대 안 된다.

## ●하찮은 말 한 마디가 평생의 적을 만든다

● ● ● ● ●

요즈음 젊은이들 가운데는 우월감을 나타내고 싶어서, 혹은 주위 사람들을 즐겁게 해 주기 위하여 다른 사람의 약점이나 단점을 폭로하는 경우가 종종 있다. 그러나 그런 일은 절대로 하지 말아야 한다.

또한 그러한 유혹을 이겨내야 한다. 만약 그런 짓을 하게 될 경우, 그 순간은 주위 사람들을 즐겁게 해 줄지 모른다. 그러나 그런 일로 인해서 자신은 평생의 적을 가지게 된다. 게다가 그 때는 자신과 함께 웃었던 친구들도 나중에는 그 일을 떠올리며 결코 좋은 감정을 나타내지 않게 된다. 그래서 결국 그들로부터 따돌림을 받게 될 것이다.

그것뿐만이 아니다. 그런 짓을 한다는 것은 자신의 품위를 떨어뜨리는 일이다. 마음이 바른 사람이라면 다른 사람의 약점이나 불행을 그렇게 공개적으로 떠들어 대지는 않는다.

만일 자신에게 지혜가 있다면 다른 사람의 가슴에 상처를 주기 위한 것이 아니라 다른 사람을 유쾌하게 하는 데 그것을 사용하기 바란다.

## ● 자신의 가치관만으로 세상을 헤아리지 말아라

● ● ● ● ●

다른 사람의 잘못된 생각과 어리석게 꾸며낸 이야기를 듣고, 또 그것을 열심히 듣고 있는 사람들을 보고 놀랄 때가 있을 것이다.

그렇지만 아무리 잘못된 것이라고 생각되더라도 본인들이 진심으로 그렇게 믿고 있는 한 결코 웃거나 책망해서는 안 된다.

판단이 흐려져 사물을 제대로 보지 못하는 이들은 불쌍한 사람들이다. 그러나 그들이 특별히 웃음거리가 될 만한 일이나 책망을 받을 만한 일을 해서 그렇게 된 것은 아니다. 그러므로 언제나 상냥한 마음으로 대하고, 가능한 한 서로 대화를 통해 올바른 방향으로 인도해 주는 마음 가짐이 중요하다.

모든 사람은 제각기 자신의 판단에 의해서 행동한다. 따라서 다른 사람들의 의사가 자신의 의사와 일치해야 한다고 생각하는 것은 상대의 체형이나 몸집이 자기와 똑같아야 한다고 주장하는 것과 마찬가지이므로 매우 교만한 생각이 아닐 수 없다.

사람은 제각기 자신이 옳다고 생각하며 그렇게 믿고 살아가고 있다. 그러나 누가 정말로 옳고 그른지는 상당한 시간이 흘러야 비로소 자연스럽게 밝혀지는 것이다. 그러므로 다른 사람의 생각이 자신의 생각과 다르다고 해서 남을 바보 취급 하는 것은 어리석은 일이다.

그리고 자신이 믿고 있는 것과 다르다고 해서 타인의 종교를
이교도 취급하며 박해하는 것 또한 현명한 일이 아니다.

인간은 자신이 생각한 그대로 생각하는 습성이 있으며 자신
이 믿고 있는 그대로만 믿으려고 하는 생명체이다. 따라서 질책
을 받아야 할 사람은 고의로 거짓말을 하는 사람과 이야기를 날
조한 사람이다. 그것을 믿는 사람은 결코 잘못이 없다.


## ● 거짓말을 하거나 남을 속이는 따위의 행동을 하지 말고 떳떳하게 살아가야 한다.

● ● ● ● ●

거짓말을 하는 것만큼 죄가 무겁고, 비겁하고 어리석은 행동
은 없다. 대체로 거짓말을 하게 되는 동기는 적대시하는 마음이
나 비겁함 또는 허영심에서 비롯된다. 그런데 그 어느 경우라도
목적이 달성되는 일은 거의 없다. 아무리 감쪽같이 속였다 할지
라도 거짓말은 얼마 안 있어 금방 들통이 나기 때문이다.

예를 들어, 누군가의 행운이나 인덕(人德)을 시샘하여 거짓말
을 했다면 얼마 동안은 확실히 상대에게 상처를 줄 수 있을지도
모른다. 그렇지만 결국 가장 커다란 고통을 받는 것은 바로 자
기 자신이다. 거짓말임이 드러났을 때—대개는 들통이 남으로
인해—가장 상처를 입는 것은 자기 자신이기 때문이다.

그러나 더 심각한 문제는 그런 일이 있고 난 후에도 상대방에 관하여 험담을 늘어놓게 되어, 시간이 흐르면 사람들은 아무리 그 말이 사실이라도 단순한 증상이라고 간주해 버린다. 이런 손해보다 더 큰 것은 없다.

또 자신이 한 말에 대하여 변명하거나, 명예가 손상되어 창피를 당할 것 같은 두려움 때문에 거짓말을 한다면—거짓말이나 변명은 똑같은 것이다— 얼마 안 가서 그 사람은 두려움에 자신의 거짓말이 덧붙여져 도리어 명예를 더 크게 손상당하는 창피를 당하게 된다.

그 사람은 인간 중에서 가장 레벨이 낮은 비겁한 사람임을 증명하는 셈이다. 그 후에는 주위 사람들이 평판을 나쁘게 내려도 어떻게 할 수 있는 방법이 없다.

만일 불행하게도 잘못을 저질렀을 때는 거짓말을 하여 그것을 숨기려 하기보다는 정직하게 시인해 버리는 편이 바람직하다. 그리고 그렇게 하는 것이 속죄를 하는 유일한 방법이며 용서를 구하는 최선의 방법이다.

잘못이나 무례함을 숨기려고, 변명을 하거나 얼버무리거나 속이는 행위는 결코 보기 좋은 모습이 아니다. 게다가 그 사람이 무엇을 두려워하고 있는지도 저절로 알려 주는 셈이다. 그러므로 그런 짓을 해도 성공하는 예는 드물고 어쩌면 그렇게 실패하는 것이 당연하다.

자신도 양심이나 명예에 상처를 받지 않고 사회에서 훌륭하게 살아 나가고 싶다면 거짓말을 하거나 남을 속이는 따위의 행동을 하지 말고 떳떳하게 살아가야 한다. 이 말은 자신의 생명이 다할 때까지 머릿속에 새겨두기 바란다. 그렇게 사는 것이 인간의 당연한 의무이며 인간 본연의 모습이기 때문이다.

**● 다른 사람들로부터 존경을 받기 위해서는 어느 정도의 위엄이 있어야 한다.**

● ● ● ● ●

이제부터 사람에 관하여, 이를테면 사람의 성격이나 태도에 관하여 이야기하고자 한다. 이런 것들은 아무리 나이가 들어도 생각해 볼 만한 가치가 있는 것이다. 특히 10대의 젊은 사람들은 좀처럼 얻기 힘든 지식이 될 것이다.

이러한 인생의 지혜를 젊은이들에게 가르쳐 주는 사람이 없는 것을 필자는 전부터 이상하게 생각하고 있었다. 모두들 자기의 역할이 아니라고 생각한 채 인생의 지혜를 비켜가는 모양이다.

학교의 선생님이나 교수님도 그렇다. 형식적인 틀 속에서 자기의 전문 분야를 언급할 뿐, 그 이외의 것은 도무지 가르치려고 하지 않는다.

어쩌면 가르치려 하지 않는다는 표현보다 가르칠 수 없다고 말하는 것이 옳을지도 모른다. 그것은 부모도 마찬가지이다. 부모도 가르칠 능력이 없는 것인지, 바쁜 생활에 쫓기고 있어서 그런 것인지 도무지 가르치려고 하지 않는다.

그 중에는 자식을 무작정 사회에 내던지는 행동이 공부 중에 으뜸가는 공부라고 생각하는 부모들도 있다. 이것은 어떤 면에서는 옳을 수도 있다. 아닌게 아니라, 세상의 일이란 이론만으로는 설명할 수가 없어서 실제로 사회에 몸을 담아 보지 않고서는 이해하기 어려운 부분도 많다.

그렇지만 그 전에—젊은이가 미로 투성이의 땅에 발을 들여놓기 전에—먼저 발을 들여놓은 적이 있는 경험자가 대략의 약도를 그려서 넘겨 줄 정도의 친절은 베풀어야 한다고 필자는 생각한다.

그럼 이제 본론으로 들어가자.

아무리 훌륭한 사람이라도 다른 사람들로부터 존경을 받기 위해서는, 어느 정도의 위엄이 있어야 한다.

야단법석을 떤다, 시시덕거린다, 종종 큰 소리로 바보스럽게 웃는다, 농담을 한다, 또는 익살스러운 짓을 한다—이런 것들은 위엄 있는 태도가 아니다. 이러한 태도를 취한다면 아무리 지식이 풍부한 인격자라도 존경을 받기가 어렵다. 오히려 업신여김을 받을 수 있다.

쾌활한 것은 좋은 일이지만, 분별없이 쾌활한 소유자가 존경을 받은 예는 이제까지 없었다. 또한 무턱대고 붙임성 있게 구는 것도 손위 사람을 노하게 만들거나 주위 사람들로부터 '아첨꾼' 또는 '꼭두각시'라는 험담을 듣게 만든다.

농담도 그렇다. 농담만 하고 있는 사람은 어릿광대와 조금도 다를 바가 없다. 그것은 사람들이 감복하는 기지와는 상당히 거리가 멀다. 결국 자기 본래의 성격이나 태도와는 관계 없이 어느 한 가지 면이 상대의 마음에 들어, 동료로서 받아들여지거나 인기가 있는 사람은 끝까지 존경을 받기가 힘들다. 다만 적당히 이용당할 뿐이다.

우리들은 곧잘 이런 말을 하곤 한다. 저 사람은 노래를 잘 하니까 우리 팀에 끼워 주자, 춤을 잘 추니까 무도회에 초대하자 하는 식으로 이야기를 하곤 한다.

이런 말은 결코 칭찬이 아니다. 어쩌면 비방을 받고 있는 것과 같을 수도 있다. 일부러 지명을 당해서 바보 취급 당하기 때문이다. 적어도, 정당하게 평가받고 있는 것도 존경을 받고 있는 것도 아닌 건 확실하다.

한 가지 이유만으로 같은 팀에 받아들여지는 사람은 그 장기 이외에는 존재 가치가 없다. 그들은 다른 쪽으로 눈을 돌려 평가하는 일도 없고, 따라서 아무리 새로운 장점이 있어도 존경을 받지 못한다.

## ● 언제나 예의 바르고 당당한 태도로 행동하자

● ● ● ● ● ●

그러면 어떻게 하는 것이 위엄 있는 태도인가? 위엄 있는 태도란 거만한 태도와 비슷한 것이 아니다. 오히려 서로 반대되는 것이라고 말할 수 있다. 거만하게 뽐내는 것이 용기가 아닌 것과 마찬가지로 농담이 기지가 아닌 것과 같은 이치이다.

거만한 태도만큼 품위를 떨어뜨리는 것은 없다고 말해도 과언이 아니다. 거만한 사람의 자부심은 대부분 분노를 낳지만 때로는 비웃음과 멸시를 낳기도 한다.

물건에 터무니없이 비싼 값을 붙여서 강매하려고 하는 장사꾼이 있다. 거만한 사람은 이와 흡사하다. 그런 장사꾼에게는 여러분 자신도 터무니없이 싼 값으로 에누리한다. 그러나 정당한 값을 붙여 주는 장사꾼에게는 시비를 걸지 않는다.

위엄 있는 태도라는 것은 무턱대고 아첨하는 것이 아니다. 그리고 팔방 미인처럼 행동하는 것이 아니다. 반대로 모든 일에 거역하는 것도, 시끄럽게 시비를 거는 것도 아니다. 자신의 의견은 겸손하고 명백하게 말하고 다른 사람의 말은 기분좋게 듣는 것, 이러한 태도를 위엄 있는 태도라고 말한다.

위엄은 밖으로부터 부여할 수도 있다. 얼굴 표정이나 동작에 진지한 분위기를 연출하면 더욱 위엄 있어 보인다. 물론 거기에 생동감 넘치는 기지나 품위 있는 밝음을 덧붙여도 좋다.

그런 것들은 원래 존엄을 느끼게 하는 법이다. 이와는 반대로 히죽히죽 웃는 태도라든가 침착성이 결여된 몸놀림은 자못 경솔한 느낌을 줄 수 있다.

외부로부터 위엄을 부여한다고는 하지만, 항상 당하고 있는 자신이 아무리 몸부림친들 용기 있는 인간으로 보이지 않는 것과 마찬가지로, 악에 몸이 젖어 버린 인간이 위엄이 있는 인간으로 보이지 않을 것이다.

그렇지만 그러한 인간이라도 예의 바르고 당당하게 행동하면 조금은 영락하는 속도가 경감될지도 모른다.

# 3

## 최고의 인생을 보내는 매일매일의 마음가짐

인생에는 왕복 차표가 발행되지 않는다.
일단 한 번 떠나면 다시 돌아오지 못하는 것이다.
—로맹 롤랑(Romain Rolland;1866-1944, 프랑스의 소설가)

## ● 오늘의 1분을 웃는 사람은 내일의 1초 때문에 운다

● ● ● ● ●

이 세상에서 자기에게 주어진 재산을 지혜롭게 쓰는 사람은 그다지 많지 않다.

또한 스스로 운용할 수 있는 시간을 가장 슬기롭게 사용하는 사람은 더더욱 적다.

시간을 현명하게 사용할 줄 아는 것이 부(富)나 재산을 슬기롭게 사용하는 것보다 훨씬 더 중요하다는 것은 말할 필요가 없을 만큼 자명한 일인데도 사람들은 이를 잊어버리곤 한다.

그러므로 젊은이들은 이 두 가지를 현명하게 사용할 줄 아는 지혜로운 사람이 되기를 바란다. 20대가 가까워지면 이제는 그런 일을 생각해도 좋을 정도의 나이이다.

흔히 젊은 시절에는 시간이 영원히 존재할 것처럼 충분하다고 생각한다. 아무리 사용한다 해도 없어지지 않을 것이라고 착각하기 쉽다. 그러나 시간을 함부로 써 버리면 그것은 막대한 재산을 탕진해 버리는 것과 마찬가지이다. 그리고 그것을 깨닫게 되었을 때는 이미 늦어서 되돌릴 수 없는 경우가 많다.

지금은 고인이 되어 세상을 떠나고 없지만 윌리엄 3세, 앤 여왕, 조지 1세 시대에 이름을 떨쳤던 라운즈 재무대신은 곧잘 이렇게 말하곤 했다. '1펜스를 우습게 생각해서는 안 된다. 1펜스를 비웃는 사람은 그 1펜스 때문에 운다.'

이 말은 진실이라고 생각한다. 그리고 그는 이것을 몸소 실천했다. 그 결과 두 명의 손자에게 막대한 재산을 남겨줄 수 있었다.

이것은 시간에도 그대로 적용된다. 1분을 웃는 사람은 1분 때문에 우는 법이다. 그러므로 아무리 짧은 자투리 시간이라도 소중히 해야 한다. 그러한 시간들을 평생 동안 모아 둔다면 헤아릴 수 없을 만큼의 엄청난 양이 되기 때문이다.

● 남은 시간을 의미 없이 흘려보내지 않는 방법을 배워라

● ● ● ● ● ●

예를 들어 누군가와 12시에 만날 약속을 했다. 그런데 11시에 모든 일이 끝나서 여분의 삼사십 분을 어떻게 사용해야 할지 망설이고 있다고 하자.

그럴 경우 여러분은 어떻게 할까? 찻집에라도 들어가서 시간을 보내야 할까?

필자라면 그렇게 하지 않겠다. 나라면 일단 집으로 돌아가서, 그 동안 편지를 쓰고 싶었던 사람에게 펜을 든다. 그렇게 하면 다른 사람과 만나기로 한 약속 장소에 갈 때 그 편지를 우체통에 넣을 수 있으니 말이다. 편지를 다 쓰고 난 뒤에도 시간의 여유가 있을 경우에는 책을 읽는다. 그다지 많은 시간이 아니기 때문에 데카르트(Descartes; 1596~1650. 프랑스의 철학자)나 말르브랑슈(Malebranche;1638~1715. 프랑스의 철학자), 또는 로크(Locke;1632~1704. 영국의 철학자)나 뉴턴의 저서와 같이 딱딱하고 이해하기 어려운 책은 적합하지 않을 것이다. 오히려 호라티우스(Horatius;65~8 BC. 로마의 시인)나 브왈로, 와라의 작품처럼 짤막하고 지적이며 재미있는 책이 적합하다.

이와 같이 시간을 보다 효과적으로 사용하기 위해 노력을 해야 한다. 적어도 시간의 흐름이 따분하다고 느껴지지 않도록 주의해야 한다.

세상에는 특별하게 하는 일 없이 시간을 헛되이 보내는 사람들이 많다. 그들은 커다란 의자에 기대고 앉아 하품이나 하면서 '뭔가를 시작하기에는 시간이 조금 부족한 듯하고….' 라고 말하곤 한다. 그러나 이런 사람들은 실제로 시간이 충분히 있다고 해도 무엇인가 일을 시작하지 않는다. 따라서 결국은 아무것도 하지 않은 채 그저 시간을 보내 버린다. 가엾은 성격이라고 말하지 않을 수 없다. 아마 이런 사람은 공부에 있어서나 일에 있어서나 크게 성공하지 못할 것이다.

한가하게 세월을 보낸다는 것이 20대 초반의 나이에는 아직 허용되지 않을 일이다. 왜냐하면 자신은 이제 겨우 사회에 얼굴을 조금 내놓았을 뿐이기 때문이다. 활기차고 성실한 끈기는 같은 또래의 젊은이가 지니는 특성이다.

앞으로의 몇 년간이 자신의 일생에 얼마나 큰 의미를 가질 것인가에 대해 생각해 보았으면 한다. 그러면 지금의 단 한순간도 소홀하게 보낼 수는 없을 것이다. 그렇다고 해서 하루 종일 책상에만 붙어 있으라는 의미는 아니다. 그렇게 하라고 권하고 싶은 생각도 없고, 그렇게 해 주었으면 하고 바라는 것도 아니다. 다만 그 어떤 것이라도 상관없으므로 무엇인가를 하고 있다는 사실이 소중한 것이다. '20분쯤이야 또는 30분 정도는 대충 흘려보내도 되겠지.' 라고 가볍게 여기고 아무것도 하지 않고 있으면 1년 후에는 엄청난 손실이 된다.

이를테면 하루 중에 공부하는 시간과 노는 시간의 사이 등, 약간의 비어 있는 시간이 몇 차례 있을 것이다. 그럴 때 멍하게 하품이나 하고 있어서는 안 된다. 무슨 책이든 가까이에 있는 것을 손에 들고 읽어 보면 좋다. 비록 꽁트집 같은 가볍고 편한 책이라도 읽지 않는 것보다는 훨씬 낫다.


## ● 짧은 시간을 최대한 활용하는 지혜를 배워라

내가 아는 사람 중에는 시간을 사용하는 방법이 아주 특별해서 사소한 시간까지도 헛되게 보내지 않는 사람이 있다. 좀 지저분한 이야기이기는 하지만, 이 남자는 화장실에 들어가는 잠깐 동안의 시간까지도 유용하게 이용하여, 고대 로마 시인의 작품을 조금씩 읽어 드디어는 독파해 버렸다.

예를 들어 호라티우스를 읽고 싶다고 하자. 이 사나이는 호라티우스의 시집을 문고판으로 산다. 그리고 그것을 화장실에 갈 때마다 두 페이지씩 찢어 가지고 가서 화장실 안에서 읽는다. 다 읽고 난 종이는 여신 크로아카에게 예물로 바친다. 즉 버리고 나오는 것이다.

이러한 방법은 확실히 시간을 절약할 수 있다고 생각한다. 여러분도 한번 시험해 보면 어떨까?

특별히 하는 일도 없이 가만히 있는 것보다는 훨씬 좋을 것이라고 확신한다. 게다가 그렇게 하면 읽어야 할 책의 내용이 언제나 머릿속에 남아 있어서 더욱 효과적이다.

물론 어떤 책이든 그렇게 하는 것이 좋다는 뜻은 아니다. 계속해서 읽지 않으면 이해하기 어려운 과학 분야의 책이라든가 내용이 어려운 책은 적당하지 않을지도 모른다. 그러나 몇 페이지씩 찢어서 읽어도 충분히 의미가 통하고 또한 유익한 책도 많이 있다. 그러한 책을 골라서 시도해 보았으면 한다.

얼마 안 되는 시간이라도 매우 중요한 일이었음을 깨닫게 될 것이다. 그러나 얼마 안 되는 시간이라고 해서 아무것도 하지 않고 있으면 나중에 아무리 되찾으려고 발버둥쳐도 그것은 불가능하다.

그러므로 일 초 일 초를 의미 있게 사용해 주기 바란다. 아무것도 하지 않고 있는 것보다는 재미있다고 생각되는 소비 방법을 연구하는 것이 바람직하다.

이러한 방법은 공부에만 한정된 것이 아니다. 노는 것도 경우에 따라서는 필요하고 공부 못지않게 중요한 것이라고 앞에서 이미 말했다.

인간은 놀이를 통해서 성장하고, 제 몫을 하는 한 인간으로 발전되는 법이다. 뽐내는 태도나 꾸미는 태도를 벗어 버렸을 때의 참모습을 가르쳐 주는 것도 놀이이다.

그러므로 놀고 있을 때에도 빈둥대고 있으면 안 된다. 놀 때는 노는 것에 최선을 다해 주기 바란다.


## ● 순서를 올바르게 처리하는 것이야말로 일을 능률적으로 완성하는 비결이다

● ● ● ● ●

사업이나 사무에는 보통 일반인이 생각하고 있는 것처럼 요술과 같은 능력이나 특별한 재능을 필요로 하지 않는다. 올바른 순서와 근면함, 그리고 현명한 판단력만 있다면 누구든지 가능한 일이다. 이제 사회인으로서의 첫발을 내디뎠다면 조속히 모든 것의 체계를 세워 추진하는 습관을 길러야 한다. 순서를 정하고, 그것에 따라서 일을 추진하는 것이야말로 일을 능률적으로 완성하는 비결이다. 모든 일에는—글을 쓴다, 책을 읽는다, 시간을 배분한다 등—순서를 정할 일이다. 그렇게 해야만 귀중한 시간을 절약할 수 있고, 효과적인 업무처리가 가능하게 된다.

아무리 능력이 있는 인물이라도 순서를 정하지 않고 일을 하면 머릿속이 혼란해서 결국은 손을 들게 되고 만다.

만약에 비교적 좀 게으른 사람이라면 이제부터는 게으름을 피우지 않도록 주의하기 바란다. 당분간이라도 좋으니 일을 하는 방법과 순서를 모색하여 실행해 보도록 하자.

그렇게 하면 미리 정해 놓은 순서대로 일을 추진하는 것이 얼마나 편리하고 얼마나 좋은 결과를 가져오는가를 알게 되어, 나중에는 순서에 의하지 않고는 두 번 다시 일을 할 수 없게 된다.


## ● 휴식을 하면서도 자신을 발전시켜라

● ● ● ● ●

놀이와 오락은 대부분의 젊은이들이 언젠가 한 번은 거쳐야 할 암초와도 같은 것이다. 돛에 바람을 가득 안고 즐거움을 찾아 출범한 것은 좋았지만, 정신을 차려 보니 방향을 확인할 나침반도 없거니와 키를 잡는 데 필요한 지식도 없다. 이래서는 목적지인 진정한 즐거움에 당도할 리가 없다. 명예스럽지 못한 상처를 입고 비틀거리면서 항구로 되돌아오게 될 뿐이다.

이렇게 말하니 오해받을 것 같지만 필자는 금욕주의자처럼 즐거움을 기피하려는 사람도 아니고, 목사처럼 쾌락에 빠져서는 안 된다고 설교하려는 것도 아니다. 오히려 쾌락주의자에 가까워서 여러 가지의 놀이 보따리를 풀어 보여 주며 마음껏 놀라고 장려하고 싶다. 정말이다! 마음껏 놀기 바란다.

다만 나는 일부 젊은이들이 잘못된 항로로 나아가지 않도록 수정해 주고 싶은 마음뿐이다. 여러분은 어떠한 일에 즐거움을 발견하고 있는 것일까?

마음이 맞는 친구의 건전한 카드 놀이를 흥겨워하고 있지 않을까? 쾌활하고 품위 있는 사람들과 즐겁게 식탁에 앉아 있을까? 함께 있음으로 해서 배울 것이 많은 인물과 친밀하게 교제하려는 노력은 하고 있는지 궁금하다.


## ● 젊은이가 빠지기 쉬운 놀이의 '함정'에서 벗어나서 절제해야 한다

● ● ● ● ●

젊은이는 자칫하면 자기의 기호와는 관계없이 모양만으로 즐거움을 선택하기 쉽다. 극단적인 경우로 어떤 사람은 절제하지 않는 형태가 바로 놀이의 참모습이라고 착각하기까지 한다.

본인의 경우는 어떨까? 알코올의 예를 들어 보자. ―과음은 분명히 마음과 몸에 나쁜 영향을 미치기는 하지만 훌륭한 놀이의 하나라고 생각하고 있는 것은 아닌지….

도박도 여러 번 져서 때로는 무일푼이 되는 일도 있고, 난폭한 태도를 취하는 경우도 있지만 재미있는 놀이의 한 가지가 아닌가. 여자의 뒤를 따라다니는 것도 최악의 경우 성병에 걸려 코가 이지러지거나 건강을 해치거나 할 정도이지, 온몸이 망가져서 죽음을 맞아야 하는 상황은 좀처럼 있는 것이 아니라고 생각하고 있는 것은 아닐까?

여러분도 알고 있겠지만 필자가 지금 앞에서 말한 것들은 모두가 가치없는 놀이들이다. 그런데 그 가치없는 놀이가 많은 젊은이들의 마음을 사로잡고 있다.

그들은 잘 생각해 보지도 않고 남들이 오락이라고 부르는 것을 그냥 그대로 받아들여 버린다.

젊은 나이에는 놀이에 열중하는 것이 당연한 이치이고, 또한 놀고 있는 모습이 가장 잘 어울리는 것도 사실이다. 그렇지만 젊기 때문에 대상을 잘못 선택하거나 잘못된 방향으로 돌진할 염려도 크다. '놀기를 잘 하는 한량'은 젊은이들에게 크게 인기가 있지만 그들은 과연 자신의 종착역을 짐작하고 있기나 하는지 의심스럽다.

옛날 이야기이지만 확실한 예가 있다. 어떤 젊은이가 훌륭한 한량이 되어 보려고 몰리에르(1622~1673. 프랑스의 희극 작가) 원작의 번역극 《영락한 방탕자(Le Festin de Pierre)》를 보러 갔다. 주인공의 방탕 행각에 감탄한 이 사나이는 자기도 '영락한 방탕자'가 되기로 결심했다.

친구들 몇 사람이 '영락한'은 그만두고 '방탕자'만으로 만족하는 것이 좋지 않느냐고 설득해 보았지만 효과는 없었고, 그는 의기양양하게 이렇게 말했다고 한다.

"아니, 안 돼. '방탕자'만으로는 부족해. '영락한'이 붙지 않으면 완전한 방탕자가 못 된단 말야."

"정말 어처구니 없구나…." 하고 말할지 모르지만 이것은 실제로 많은 젊은이들의 현실이다. 겉보기에만 사로잡혀서 스스로 생각할 여유도 없이 닥치는 대로 뛰어든다. 그리하여 마지막에는 정말로 '영락해' 버리는 것이다.


## ● 놀이에도 자기 나름의 목적을 가져라

● ● ● ● ●

그다지 이야기하고 싶지 않은 일이지만 젊은이들에게 참고가 될지도 모르기 때문에 부끄러움을 무릅쓰고 필자의 체험담을 이야기하겠다.

필자도 예외는 아니어서 나 스스로의 기호와는 관계없이 '놀기 잘 하는 한량' 으로 보이는 것에서 가치를 발견하려 했던 어리석은 사람 중의 하나였다. 그렇다, 어리석은 사람이었던 나는 본래 좋아하지 않는 술을 '놀기 잘 하는 한량' 처럼 보이기 위해 잔뜩 마셔댔고, 숙취에서 깨어나지 못한 채 또 마시는 악순환을 끊임없이 계속했다.

도박도 비슷한 것이다. 돈에는 궁색하지 않았기 때문에 돈이 필요해서 내기를 한 일은 한 번도 없었다. 그러나 '도박을 한다' 는 것은 신사의 필수 조건이라고 생각했다. 그래서 마구 뛰어들었던 것인데, 본래부터 좋아하는 성질은 아니었다.

달갑지 않은 생각을 하면서도, 인생에서 가장 충실해야 할 젊은 시절을 도박에 끌려다니면서 지냈다. 그 덕택으로 진정한 즐거움을 경험하지 못했다. 비록 잠시 동안이지만 동경하는 인간상에 접근하기 위하여 겉보기 치장만을 했으니 참으로 어리석었고 이를 새삼 부끄럽게 생각한다. 그러나 아무튼 나는 이러한 어리석은 행위들을 일체 중지해 버렸다. 떳떳하지 못함을 느꼈으며, 무서운 생각이 들었던 것이다.

일종의 유행병에 걸려 형식만의 놀이에 뛰어든 나는 그 대가로 참된 즐거움을 빼앗겼다. 재산이 줄어들고 건강도 나빠졌다. 그렇지만 이것 모두가 하늘이 내린 벌이라고 생각하였다.

나의 어리석은 체험담에서 여러분들은 무엇을 배웠는가? 나는 젊은이들이 자기 자신의 즐거움을 선택하여 주기를 진심으로 바라고 있다.

하지만 허황된 놀이에 휘말려서는 안 된다. 다른 사람들이 모두 그렇게 한다고 해서 나도 그렇게 할 필요는 없다. 나는 나라고 생각할 일이다. 먼저 현재의 내가 즐기고 있는 놀이가 어떤 것인지를 두루 생각해 보기 바란다. 놀이를 그냥 그대로 계속하면 어떻게 될 것인가, 하나하나 생각해 보고 나서 그 놀이를 계속할 것인지 그만둘 것인지는 본인의 현명한 판단에 맡기겠다.

## ●즐거워 보이는 것과 정말로 즐거운 것을 분별하는 눈을
가져야 한다

지금 만일 내가 청년 시절로 돌아가 이제까지의 경험을 다시 한 번 할 수가 있다면 어떤 일을 할 것인가에 대해 상상해 보았다. 나는 즐거운 듯이 보이는 것이 아니라 진정으로 즐거운 일만을 하겠다. 그 중에는 친구와 식사를 하거나 술을 마시거나 하는 일도 물론 포함된다. 그렇지만 과식을 한다거나 과음을 해서 괴로움을 당하지 않을 정도로 억제하겠다.

어릴 때는 다른 사람에게 지나치게 주의를 하면서 지낼 필요는 없다. 일부러 자기의 방식을 강요하거나 상대를 비난해서 미움을 살 필요도 없다. 다른 사람은 내가 아니기 때문에 자기 방식대로 하도록 내버려 두면 되는 것이다. 그러나 자신의 건강에 관해서만은 완벽하리 만큼 주의를 해야 한다. 자신의 건강에 전혀 관심이 없는 사람은 어쩔 수가 없지만 말이다.

도박도 하자. 고통받기 위해서가 아니라 즐기기 위하여, 아주 적은 돈을 걸고 여러 종류의 친구들과 즐기는 것이다. 그렇게 해서 환경에 적응하는 것도 매우 중요한 일이다. 다만 내기에 거는 돈만큼은 신중히 하자. 이기고 지는 것이 생활에 지장이 없을 정도로, 생활비를 약간 절약하면 수습할 수 있는 범위 안에서 하자.

물론 도박으로 인해서 이성을 잃고 싸움을 한다면 이는 절대 금물이다, 매스컴을 통해서 늘상 보도되어지는 일이기는 하지만……

독서에도 많은 시간을 할애해라. 분별 있는 교양인과의 대화를 위해서도 약간의 시간을 남겨 두자. 가능하면 자신보다 뛰어난 사람이 좋다.

보통 사교계의 사람들과도 남녀를 불문하고 빈번하게 교류하라고 권하고 싶다. 이야기의 내용은 그다지 충실하지 못한 경우가 많지만 함께 있으면 편안한 기분이 될 수도 있고 기운도 난다. 게다가 사람에 대한 태도를 비롯하여 보고 배울 점이 많다.

청년 시절부터 다시 한 번 인생을 고쳐 살 수 있다면, 필자는 앞에 쓴 것과 같이 현명하게 인생을 살고 싶다. 앞의 말들이 모두 수긍이 가지 않는가? 게다가 이러한 것들이야말로 진정한 놀이라고 말할 수 있는 것이 아닐까? 진정한 즐거움을 알고 있는 사람은 도락(道樂) 때문에 몸을 망치는 일이 없다. 모르는 사람만이 그것을 진정한 즐거움이라고 생각하는 것이다.

그 증거로 몹시 술에 취하여 걸음도 제대로 가누지 못하는 사람과 친구가 되고 싶어하는 사람은 없을 것이다. 갚지도 못할 정도의 큰돈을 걸고 내기를 해서 지고 난 다음, 머리카락을 쥐어뜯으면서 상대방에 대하여 입에 담을 수 없는 더러운 말로 욕하고 있는 사람을 상대하고 싶어하는 사람이 있을까?

방탕한 생활 끝에 매독에 걸려 코가 반쯤 떨어져 나가고 다리를 질질 끌고 다니는 사람과 친하게 지내고 싶어하는 사람이 있을까? 있을 리가 없다. 방탕함에 제 정신을 잃고, 게다가 그것을 자랑하는 따위의 사람들을 양식 있는 사람들이 받아들일 리가 없다. 설사 받아들인다 해도 기분 좋게 받아들이지는 않을 것이다.

진정으로 놀이를 알고 있는 사람은 품위를 잃는 일이 없다. 적어도 악덕을 모범으로 삼거나 악을 흉내내는 경우는 없다. 만일 불행하게도 부덕한 행위를 하지 않으면 안 될 경우에는 대상을 선택하여, 남이 모르도록 자연스럽게 해야 한다. 일부러 악을 뽐내 보이지는 않을 것이다.

## ● 일의 즐거움을 아는 사람만이 진정한 '한량' 이 될 수 있다

● ● ● ● ●

노는 것은 대단히 좋은 일이다. 자신의 놀이를 찾아내어 마음껏 즐길 일이다. 그렇지만 남의 흉내를 내서는 안 된다. 자신의 가슴에 손을 얹고 물어 보아야 한다. 무엇이 정말로 즐거운지를 물어 보고, 즐겁다고 생각되는 것을 하면 된다.

곧잘 아무것에나 손을 대는 사람이 있는데 그런 사람은 아무런 기쁨도 누릴 수 없다.

진지하게 한 가지 일에 몰두해야만 일에서 기쁨을 느낄 수 있는 것이다. 그런 뜻에서 고대 아테네의 장군 알키비아데스(450~404 B.C. 아테네의 장군, 정치가)는 훌륭한 사람이었다고 생각한다. 창피함을 모를 정도의 방탕한 짓을 하긴 했지만 철학이나 일을 함에 있어서 어김없이 시간을 할애하였다.

줄리어스 시저도 일과 노는 것에 고르게 마음을 씀으로써 상승효과를 가져오게 한 사람이다. 현실적으로는 로마에 사는 모든 여성들이 불의의 간통 상대자였다고 일컬어졌던 시저였지만, 훌륭하게 학자로서의 지위를 쌓았고 웅변가로서도 일류 중의 일류였으며, 또한 지도자로서의 실력에 있어서는 로마 제일이라고까지 평판받지 않았는가?

놀기만 하는 인생은 탐탁하지 않을 뿐 아니라 아무런 재미도 없다. 날마다 진지하게 일에 종사하였기 때문에 마음도 몸도 놀이를 철저하게 즐길 수 있는 것이다. 뚱뚱하게 살이 찐 대식가나 창백한 얼굴을 한 주정뱅이나 혈색이 나쁜 호색가는 자기가 하고 있는 것을 진심으로 즐기지 못하고 있다는 증거이다. 이런 사람은 거짓 신에게 자신의 정신과 육체를 바치고 있는 셈이다.

정신 수준이 낮은 사람은 쾌락만을 좇고, 품위가 없는 놀이에 몸을 망친다. 한편 정신 수준이 높은 사람들, 즉 좋은 동료들과 함께 보다 자연스러운 놀이, 다시 말해 세련되고 위험이 적은, 그리고 적어도 품위를 잃는 일이 없는 놀이에 흥겨워한다.

양식이 있고 멋진 사람은 노는 것에 목적을 두어서는 안 된다
는 것을 알고, 또한 결코 노는 것을 목적으로 삼지 않는다. 그들
은 놀이라는 것이 단지 함숨을 돌려 편안히 쉬는 일이며, 피로
한 육체에 대한 위로와 포상에 지나지 않음을 알고 있다.


## ● 오전 중에는 집중하여 공부하고, 저녁은 놀이를 하는 식으로 시간을 구분하여 이용하자

● ● ● ● ●

일과 놀이는 가능한 한 그것들이 차지하는 시간을 정확하게
나누어 놓는 것이 좋다. 공부나 일, 또는 지식인이나 명사(名士)
와 함께 침착하게 이야기하는 시간은 아침 시간이 좋다.

그렇지만 일단 저녁 식사를 마친 이후는 휴식시간이다. 특별
히 긴급한 일이 없는 한 좋아하는 취미를 즐겨도 좋다. 마음이
맞는 친구들과 카드놀이를 하거나, 예의가 있는 사람들과 함께
라면 화목하고 즐거운 게임을 할 수도 있다. 잘못되어도 싸움이
되는 일은 없다.

연극이나 음악회도 좋다. 댄스도, 식사도, 친구들과의 즐거운
대화도 바람직하다. 틀림없이 만족할 만한 저녁시간을 보낼 수
있을 것이다. 물론 매력적인 여성들에게 뜨거운 시선을 보내는
것도 나쁘지 않다.

다만, 상대가 자기 자신의 품위를 떨어뜨리지 않는, 나아가서는 자기를 파멸시키지 않는 인물이기를 바랄 뿐이다. 상대가 자신에게 어떤 태도를 보이는가는 자신의 수완에 달려 있으니 기대를 걸어 보라고 말하고 싶다.

지금 말한 것들은 정말로 분별 있는 자, 정말로 놀이를 알고 있는 사람이 즐기는 방법이다. 이처럼 아침은 공부, 저녁은 놀이를 하는 식으로 시간을 구분하여, 놀이도 자기만의 것을 자기가 선택하게 되면 틀림없이 훌륭한 사회인으로서 인정을 받을 수 있을 것이다. 오전 중에 집중해서 꾸준히 공부하기를 반복하면, 일 년 후에는 상당한 지식이 축적된다. 한편, 저녁에 친구와의 교제도 자신에게 또 하나의 지식—즉, 세상과 삶에 관한 지식을 줄 것이다. 아침에는 책에서, 저녁에는 사람에게서 배운다. 그러나 이것을 실천하자면 한가하게 있을 시간이 없다.

나도 젊었을 때는 참으로 잘 놀았고, 여러 종류의 사람들과 다양하게 사귀었다. 필자만큼 그러한 일에 시간과 노력을 쏟아넣은 사람도 없을 것이라고 생각한다. 때로는 지나친 적도 있었다. 그렇지만 어떻게든지 공부하는 시간만은 확보하였다.

아무리 해도 그 시간을 낼 수 없을 때는 수면 시간을 줄였다. 전날 밤 늦게 잠자리에 들더라도 다음 날 아침에는 반드시 일찍 일어났다. 이것을 고집스럽게 지켜 나갔다. 병이 났을 때를 제외하고 벌써 40년 이상이나 이 습관은 계속되고 있다.

## ●어느 쪽도 열심히 할 수 없는 사람은 어느 쪽도 진보하지 못하고, 어느 쪽으로부터도 만족감을 얻지 못한다

● ● ● ● ●

귀가 아플 정도로 계속 말했으니 독자도 익히 알고 있겠지만, 무엇인가를 할 때는 그것이 어떤 일이든 오직 그것에만 집중하는 것이 필요하다. 그 이외의 일을 생각해서는 안 된다.

이것은 비단 공부에만 한정하여 말하는 것이 아니다. 놀이도 마찬가지이다. 놀이도 공부와 마찬가지로 열심히 하기 바란다. 어느 쪽도 열심히 할 수 없는 사람은 어느 쪽도 진보하지 못하고, 어느 쪽으로부터도 만족감을 얻지 못할 것이다.

그때 그때의 대상물에 마음을 집중시킬 수 없는 사람이나 집중시키지 않는 사람, 또는 그 이외의 일을 머리에서 쫓아내지 못하는 사람이나 쫓아내지 않는 사람은 일을 제대로 할 수 없을 뿐만 아니라 놀이도 역시 즐기지 못한다.

파티나 만찬 같은 자리에서 누군가가 머릿속에서 유클리드 기하학 문제를 풀려 하고 있다고 상상해 보라. 그런 사람들은 흥겨운 자리에 함께 있어도 전혀 즐거움을 느끼지 못할 것이며, 사람들 가운데서 유달리 초라하게 보일 뿐이다.

한 번에 한 가지 일에 몰두한다면 하루 동안에 여러 가지 일을 성취할 수 있다. 그렇지만 한 번에 두 가지 이상의 일을 하려 한다면 일 년이 지나도 시간은 항상 모자란다.

법률 고문이었던 고(故) 드 위트 씨는 나라의 모든 일을 혼자 도맡아 그것을 잘 처리했을 뿐만 아니라, 저녁의 여러 모임에도 얼굴을 내밀고, 여러 사람과 함께 식사를 할 시간도 충분히 있었다고 한다.

그렇게 많은 일을 처리하고도 저녁마다 파티에 나갈 시간이 있다니, '도대체 어떤 식으로 시간을 운용하고 있는가?'라는 질문을 받자, 드 위트 씨는 다음과 같이 대답했다고 한다.

"별로 어려운 일은 아니에요. 한 번에 한 가지씩 일을 합니다. 그리고 오늘 할 수 있는 일은 절대로 내일까지 미루지 않습니다. 그것뿐이지요."

다른 일에 정신을 팔지 않고, 한 가지 일에 확실히 집중할 수 있는 드 위트 씨의 능력은 대단한 것이라고 생각한다. 그렇게 일을 할 수 있다는 것 자체가 천재라는 증거이다. 반대로 늘상 침착하지 못하고 들떠 있는 채로 횡설수설하는 것은 대수롭지 않은 사람이라는 증거라고 말할 수 있다.


## ● 날마다 '오늘은 이것을 했다'라고 말할 수 있어야 한다

● ● ● ● ●

하루 종일 바쁘게 움직였는데도 잠을 이루기 전에 생각해 보니 해 놓은 일은 하나도 없다고 말하는 사람이 많이 있다.

이런 사람들은 두세 시간 독서를 해도 오로지 눈동자만이 활자를 쫓아가고 있을 뿐 생각은 거기에 없는 경우가 많다. 그러므로 나중에 무엇을 읽었는지 생각해 보아도 아무것도 생각나지 않기 때문에 그 내용에 대해서 전혀 논할 수가 없다.

그런 성격의 소유자는 사람과 만나서 이야기하고 있을 때도 마찬가지여서 여간해서는 적극적으로 대화에 참여하려 하지 않는다. 이야기하고 있는 상대를 관찰하는 일도 없고, 이야기의 내용을 정확히 파악하는 일도 없다. 그들은 그 장소에 관계없는 일, 그리고 그것도 쓸데없는 일을 혼자서 생각하고 있는 것이다. 아니, 어쩌면 아무것도 생각하고 있지 않다고 말하는 편이 옳을지 모르겠다.

그리고 그것을 '지금 잠깐 다른 생각을 하고 있어서…'라든가, 다른 일에 신경을 쓰고 있어서…' 따위의 말로 얼버무려 체면을 세운다.

이런 사람은 극장에 가도 가장 중요한 내용은 보지 않고 주위의 사람들이나 조명에 눈을 빼앗겨 버린다.

그런 일은 없도록 해야 한다. 사람과 만나 이야기하고 있을 때도 공부를 하고 있을 때와 마찬가지로 정신을 집중시키기 바란다. 공부할 때에는 읽고 있는 책에 주의를 기울이고 그 내용을 잘 생각한다. 사람과 만나고 있을 때는 보는 것 듣는 것을 비롯하여 모든 것에 주의를 기울인다. 이것은 중요하다.

어리석은 사람들이 곧잘 말하듯이, 자기의 눈앞에서 들려지는 이야기나 일어난 일에 주의를 기울이지 않고 있다가 '다른 일을 생각하고 있어서 알아차리지 못했습니다….' 하는 따위로 말해서는 절대로 안 된다. 왜 다른 일을 생각하고 있었는가? 다른 일을 생각하려면 무엇 때문에 왔단 말인가? 올 필요도 없지 않았는가?

결국 이 사람들은 '다른 일'을 생각하고 있지 않았다. 머리가 텅 비어 있었을 뿐이다.

이런 사람은 놀이에도 집중하지 못하고 일에도 집중하지 못한다. 정신이 산만해져서 일을 할 수 없다면 놀기라도 했어야 좋을 텐데 그것도 하지 않는다. 이런 사람은 노는 사람과 함께 있으면 자기도 놀고 있는 것으로 착각하고, 해야 할 일이 있으면 그것만 보고도 자기는 일을 하고 있다고 착각을 한다.

무슨 일이든 기왕에 하려면 열심히 해야 한다. 어중간하게 할 심산이라면 차라리 하지 않는 편이 훨씬 낫다.

중요한 것은 자기가 하고 있는 일에 집중하려는 노력이다. 모든 일은 할 가치가 있는지 없는지 둘 중의 하나이다. 그 중간은 없다. 일단 '한다'고 결정하면 사람들이 뭐라고 하든 눈과 귀를 똑바로 집중시킬 필요가 있다. 듣는 말은 단 한 마디도 흘리지 않고 들으며, 눈앞에서 일어나고 있는 일은 하나라도 남기지 않고 확실히 본다는 결심이 중요하다.

아무튼 호라티우스를 읽고 있을 때는 기록되어 있는 멋진 표현이나 시의 아름다움을 충분히 맛보아야 한다. 결코 다른 작품에 마음이 가 있어서는 안 된다.


## ● 현명한 사람은 자신의 명예를 손상시키는 돈이나 자기에게 도움이 되지 않는 돈은 절대 쓰지 않는다

● ● ● ● ●

이제 서서히 어른 행세를 할 수 있는 나이가 되어가고 있다면 마침 좋은 기회이므로 앞으로 부모에게 받는 용돈을 어떻게 사용할 것인가를 설명해 보겠다.

필자는 공부에 필요한 비용이나 사람과의 교제에 필요한 돈이라면 단 한 푼이라도 절약을 주장할 생각은 없다. 공부에 소요되는 비용이란, 필요한 책을 사는 돈과 우수한 선생에게 배울 돈을 말한다. 그 속에는 여행지에서 훌륭한 사람들과 교제하기 위한 비용—예를 들어 숙박비, 교통비, 사용인의 고용비—등도 포함될 수 있다.

사람과의 교제에 필요한 돈이라 함은, 물론 '지적(知的)인' 교제에서 필요하다는 의미이다. 이를테면 불쌍한 사람들을 위한 자선 행사에 충당되는 비용(이런 명목으로 사취당해서는 안 된다)이 그러할 것이다.

신세를 진 분들에 대한 사례나 앞으로 신세를 지게 될 분에 대한 선물을 마련하는 비용도 그렇다. 교제하는 상대에 따라서 필요하게 되는 비용—이를테면 무엇인가를 관람하러 가는 비용이나 놀이의 비용, 당구 따위의 게임에 드는 비용, 기타 돌발적인 비용—그러한 것도 필요할 것이다.

자신이 절대로 허비하지 않을 돈은 시시한 싸움으로 인해 필요하게 된 돈과 게으르게 질질 시간을 보내기 위한 돈이다. 현명한 사람은 자신의 명예를 손상시키는 돈이나 자기에게 도움이 되지 않는 돈은 절대 쓰지 않는다.

그러한 돈을 쓰는 자는 어리석은 사람이 될 뿐이다. 단돈 일원도, 단 일 분의 시간도 헛되게 쓰지 않는다. 자기 자신이나 주위 사람들을 위해서 유익한 것, 지적인 기쁨을 얻을 수 있는 것에 쓴다.

그런데 어리석은 자는 다르다. 어리석은 자는 필요치 않은 것에 돈을 쓰고, 필요한 것에는 돈을 쓰지 않는다. 이를테면 가게 앞에 진열되어 있는 잡동사니들이 그렇다. 모양새 좋은 담배 케이스, 시계, 자동차의 액세서리 같은 시시한 물건들의 마력에 사로잡히게 되면 그것은 끝장이다.

어리석은 자는 결국 파멸의 길을 걷는다. 그것은 가게 주인도 점원도 잘 알고 있기 때문에 서로 짜고 어리석은 자를 속이려고 호객행위를 하며 달려든다.

따라서 정신을 차렸을 때는 이미 신변에 온통 쓸데없는 잡동사니 투성이가 되어 정말로 필요한 것이나 편안한 휴식을 주는 것은 아무것도 없는 황당한 상태가 되어 있다.


## ● 자기가 산 것과 지불한 대금은 매일 노트에 기록하자

●●●●●●

돈이라는 것은 아무리 많이 있어도 자기만의 철학을 가지고 세심한 주의를 기울여 사용하지 않으면 최소한의 필요한 물건조차도 살 수 없게 되어 버리는 법이다. 그와는 반대로 비록 아주 적은 돈밖에 없어도 자기 나름대로의 금전 철학을 가지고, 주의해서 사용하면 최소한의 것은 충족된다.

그런데 돈의 지불 방법을 말하자면 될 수 있는 대로 현금으로 지불하는 것이 좋다. 그것도 고용인을 통해서가 아니라 자기가 직접 지불해야 한다. 고용인은 수수료나 사례금 같은 것을 요구하기 쉬우니까 주의해야 한다. 부득이 외상을 했다가 지불할 경우는 반드시 자기 손으로 지불하도록 하는 것이 좋다.

물건을 살 때는 당장 필요하지도 않은데 값싸다는 이유만으로 사는 일이 없도록 해야 한다. 그런 것은 절약이 아니라 오히려 낭비이다. 또한 값비싼 것이라는 이유만으로—자존심 만족이나 투기를 위하여—물건을 사는 것 역시 마찬가지이다.

자기가 산 것과 지불한 대금은 매일 노트에 기록하는 것이 좋다. 돈의 출납을 파악하고 있으면 파산하는 일은 없다. 그렇다고 해서 교통비라든가 오페라를 보러 가서 사용한 군것질 비용까지 기록할 필요는 없다. 그것은 시간의 낭비일 뿐만 아니라 잉크 값이 아깝다. 그런 세밀한 것은 할 일이 없어 따분한 수전노에게나 맡겨 두어라.

이것은 가계에 국한되는 것이 아니고 모든 일에 해당되는 일이다. 관심을 가질 가치가 있는 것에만 관심을 갖는 자세가 중요하다. 쓸데없는 것에 관심을 가질 필요는 없다.

### ● 중요한 것은 모두 '손이 닿는 곳'에 있다

● ● ● ● ●

일반적으로 현명한 사람은 사물을 실물 크기로 파악할 수가 있는 법이다. 그런데 어리석은 사람은 그것이 불가능하다.

마치 현미경으로 들여다보고 있는 것처럼 무엇이든 크게 본다. 그래서 벼룩이 코끼리로 보인다. 작은 것이 크게 보일 뿐이라면 그래도 다행이다. 최악의 경우 큰 것이 지나치게 확대되어서 보이지 않게 되는 경우가 있다. 얼마 안 되는 돈을 인색하게 아껴, 그것 때문에 싸움까지 하는 사람이 그 대표적인 예이다. 그 자신은 수전노라고 불려지고 있음을 깨닫지 못한다.

　이런 사람은 자기 자신에 대해서도 부당한 일을 행하고 있다. 수입 이상의 생활을 바라는 나머지, 자기 손이 미치는 범위 안에 있는 ‘중요한 것’ 을 보지 못하고 있는 것이다.

　오해를 두려워하지 않고 말한다면 무슨 일에나 ‘제 분수에 맞게’ 라는 말이 있다. 건전하고 견고한 정신을 가진 사람은 어디까지가 손이 미치는 범위이고 어디서부터가 손이 미치지 못하는 범위인지 알고 있다. 그런데 그 경계선은 대단히 애매해서 분별 있는 사람은 눈을 가늘게 뜨고 찾으면 어떻게든 발견할 수 있지만, 엉성한 인간의 눈에는 쉽사리 보이지 않는다.

　여러분도 그 경계선에 항상 유의하여 그 위를 능숙하게 걷기 바란다. 혼자서 걸을 수 있게 될 때까지는 부모에게 부탁하여 궤도 수정을 해 달라고 하면 된다. 진짜 줄타기를 능숙하게 하는 사람은 있어도 경계선이라는 이름의 줄타기를 능숙하게 할 수 있는 사람은 드물다. 따라서 능숙하게 하는 사람은 그만큼 크게 빛난다.

# 4

# 자신의 틀이 굳어지기 전에 해 두어야 할 일

역사는 인간 자신이 그 대상이다. 역사 속에
내재하는 조건의 하나는 역사가 인간을 파악하고
이해하며, 알 수 있도록 노력하는 일이다
—랑케(Leopold von Ranke;1795-1886. 독일의 역사가)

## ● 젊었을 때에 역사歷史에 흥미를 갖는 일은 중요하다

● ● ● ● ●

책을 읽을 때 무엇보다도 가장 중요한 사실은 그 내용만을 파악하지 않고 내용에서 한 발자국 더 깊이 들어가 생각하고 있어야 한다는 점이다.

책을 읽어도 자기 스스로 판단하지 않고, 단지 쓰여져 있는 것을 그대로 줄줄 머리 속에 집어 넣기만 하는 사람이 많다. 그렇게 하면, 정보가 닥치는 대로 쌓여갈 뿐, 머릿속은 어지럽혀져 잡동사니로 채워진 창고처럼 잡다하게 되어 버린다.

　따라서 잘 정돈된 방이라야 필요한 지식을 요긴하게 바로 꺼내 쓸 수가 있다.

　앞에서 한 말처럼 그 내용만을 파악하지 않고 내용에서 한 발자국 더 깊이 들어가 생각하는 그런 독서 방법을 계속 유지하기 바란다. 저자의 이름만을 보고 책 내용의 전부를 그대로 받아들이지 말고, 거기에 쓰여 있는 내용이 얼마나 정확한가, 저자의 고찰이 얼마나 옳은가를 자신의 머리로 똑바로 생각해야 한다.

　하나의 역사적 사실에 관해서는 몇 권의 책을 조사하여, 거기에서 얻어 낸 정보를 종합한 후에 자기의 의견을 갖는 것이 바람직하다. 거기까지가 역사라는 학문에 있어 손이 미치는 범위라고 필자는 생각하고 있다. 유감이지만 '역사적 진실'까지는 알 수가 없는 점이다.


### ● 책을 읽을 때는 그 내용만을 파악하지 않고 내용에서 한 발자국 더 깊이 들어가 생각해야 한다

● ● ● ● ●

　용감했던 시저가 살해당한 진정한 까닭은 무엇있까?

　역사책을 읽고 있으면 때때로 역사적인 사건의 동기나 원인이 기록되어 있는 경우가 있는데, 그것을 그냥 그대로 믿어서는 안 된다.

그 사건에 관련된 인물의 사고 방식이나 이해 관계를 좀더 고려한 다음 저자의 생각은 옳은가, 그 밖에 가능성이 더 큰 동기는 없는가에 대해 자기 스스로 생각해 보는 일이 중요하다.

그 때는 사소한 동기를 무시해서도 안 된다. 왜냐하면 인간이란 복잡하고 모순 투성이의 생명체이기 때문이다. 감정은 격렬하게 변하기 쉽고, 의지는 나약하며, 마음은 몸의 건강 상태에 따라서 좌우된다. 요컨대, 사람은 언제나 한결같은 것이 아니라, 그날 그날에 따라 변하는 것이다.

아무리 훌륭한 사람이라도 좋지 못한 데가 있고, 쓸모없는 인간일지라도 분명히 훌륭한 일면은 있다. 아무 짝에 쓸모없는 인간도 자세히 살펴보면 어딘가에 한 구석 장점이 있고, 뜻하지 않게 훌륭한 일을 할 때도 있는 것이다. 바로 그것이 인간이다.

그런데 역사적 사건의 원인을 규명할 때, 우리들은 보다 더 고상한 동기를 찾으려고 하는 경향이 있다. 그러나 진정한 원인이라는 것은, 예를 들어 '루터의 종교 개혁은 루터의 금전 욕구가 좌절당한 것이 원인이었다….' 하는 정도인지도 모른다. 그럼에도 불구하고 머리통만 큰 역사학자들은 역사적 대사건뿐만 아니라 평범한 사건에까지 골깊은 정치적인 동기를 적용시켜 버린다. 이것은 매우 우스운 일이 아닐 수 없다.

인간은 모순 투성이이다. 따라서 언제나 인간적인 우수한 부분에 의해서만 모든 행동이 좌우되는 것은 아니다.

현명한 사람도 어리석은 짓을 하는 수가 있고, 어리석은 사람이 현명한 일을 하는 수도 있다.

누구나 모순된 감정을 가지고 있기 때문에 뱅글뱅글 도는 것이 인간의 모습이다. 그 날의 컨디션과 정신 상태에 따라 변하는 것이 바로 인간이다. 그런데도 가장 '가능성이 많으니까' 라든가 '매듭짓기에 좋으니까' 라는 생각에 고상한 동기를 갖다 붙이려는 것은 잘못이다.

맛있고 영양이 풍부한 식사를 하고, 잘 자고, 맑게 갠 아침을 맞이하였다는 이유만으로 영웅적인 활동을 하는 사나이가, 소화가 안 되는 식사를 하고, 잘 자지 못하고, 게다가 아침에는 비가 왔다는 이유만으로 아주 쉽게 겁쟁이로 변해 버리는 일도 있을 수 있는 것이다.

그러므로 인간 행위의 진정한 이유는 아무리 규명하려고 해도 억지의 영역을 벗어나기가 어렵다고 생각한다. 기껏해야 이런저런 사건이 있었다고 하는 것만이 우리들이 알 수 있는 진실이며, 모든 것을 알아낸 것 같은 기분이 들도록 만든다.

시저가 23인의 음모로 살해되었다. 이것은 의심할 여지가 없다. 그런데 이 23인의 음모자들이 과연 진정으로 자유를 사랑하고 로마를 사랑했기 때문에 시저를 죽였을까? '글쎄……!' 라고 말하지 않을 수 없다. 그것만이 원인일까? 적어도 그것이 가장 중요한 원인일까?

만일 진상이 밝혀지는 일이 있다면 사건의 주모자였던 브루투스까지도, 이를테면 자존심이나 시기심·원한·실망 같은 다른 여러 가지 사적인 동기가 얽혀 시저를 살해한 것이 아닐까? 어쩌면 그러한 동기가 보다 더 확실한 원인이 되지는 않았는지 알 수 없는 일이다.

## ● 바른 판단력과 분석력을 키워라

● ● ● ● ●

회의적인 시각으로 보면 역사적 사실 그 자체도 의심스럽다고 생각되는 경우가 종종 있다. 적어도 그 사실과 결부되어 있는 배경에 관해서는 의심해 볼 필요가 있다. 매일 매일 자신이 경험하는 것을 생각해 보면 좋다. 역사라고 하는 것이 얼마나 신빙성이 희박한가를 쉽게 알 수 있을 것이다.

예를 들어 최근에 일어난 사건에 대해서 몇 사람이 증언을 할 때, 그들이 하는 말들이 모두 일치하는가? 그렇지 않을 것이다. 착각하고 있는 사람도 있을 것이고, 증언할 때의 뉘앙스가 달라지는 사람도 있다. 자기의 의견대로 올바른 증언을 하는 사람이 있는가 하면, 마음이 변하여 사실을 왜곡한 채 말하는 사람도 있다. 게다가 법원의 서기도 반드시 공정하게 기록한다고 할 수 없다.

그런 뜻에서 보면, 역사학자라고 해서 공정하게 기록하는지 어떤지 알 수가 없다. 학자에 따라서는 자기 자신의 지론을 끝까지 전개하고 싶을 수도 있고, 빨리 그 장(章)을 끝내고 싶을지도 모른다. (프랑스 역사책의 각 장 첫머리에는 '이것이 진실이다' 라는 말이 반드시 들어 있다. 그것은 재미있는 일이다)

그러므로 역사학자의 이름만으로 모든 것이 옳다고 생각하지 않는 것이 좋다. 자기 스스로 분석하고 스스로 판단할 일이다.

그렇다고 역사 따위는 공부할 필요가 없다고 말하려는 것은 아니다. 누구나가 인정하는 역사적 사실이라는 것은 존재하며, 사람들의 입에 오르내리며 책에서도 다루어진 사건들에 대해서는 알아 두는 것이 좋다.

예를 들어 시저의 망령이 브루투스 앞에 나타났다고 기록하고 있는 학자들이 있다. 나는 그런 이야기는 전혀 믿지 않고 있다. 그렇지만 그러한 말이 화제에 오르고 있다는 사실을 전혀 모른다면 이는 부끄러운 일이다.

이외에도, 역사학자가 그렇게 기술했기 때문에 아무도 믿지 않고 있는 일이 당연한 일처럼 받아들여 화제에 오르내리거나 책에 기록되는 수도 있다. 그렇게 해서 정착하게 된 것이 바로 이교도 신학(異敎徒 神學)이다. 주피터·마르스·아폴로 등 고대 그리스 신들도 그렇다. 보통 사람들은 그들이 만일 실존했다고 해도 평범한 인간이었다고 생각하고 있다.

아무리 역사에 대해서 회의적이라 하더라도 이와 같이 상식화된 것들은 반드시 제대로 공부할 필요가 있다. 아니, 오히려 역사는 인간이 사회를 살아가는 데 있어 어떤 학문보다도 필요한 것인지 모른다.


## ●과거의 척도尺度로 현재를 재지 말아라

다만 과거에도 그랬었기 때문에 현재에도 그렇다고 단정적으로 말해서는 안 된다. 과거의 예를 인용하여 현재의 문제를 검토하는 것은 좋지만, 그러기 위해서는 신중하지 않으면 안 된다.

과거 사건의 진상은 아무리 노력한다 해도 알 도리가 없다. 기껏해야 '추측'이 고작인 것이다. 무엇이 원인이었는지를 뚜렷이 알 도리가 없다. 왜냐하면 과거의 증언은 현재의 증언에 비해 훨씬 애매하기 때문이다. 게다가 시대가 오래되면 오래될수록 신빙성도 희박해지는 것을 부정할 수가 없다.

위대한 학자들 중에는 공과 사를 불문하고 비슷하다는 이유만으로 무턱대고 과거의 사례를 인용하는 사람들이 있다. 이것은 참으로 어리석은 일이 아닐 수 없다. 그들은 생각해 본 적도 없겠지만, 천지 창조 이후 이 세상에서 똑같은 사건이 일어난 예는 한 번도 없었던 것이다.

게다가 어떠한 역사가라 할지라도 사건의 전모를 기록한 사람은 없으니까 그것을 근거로 하는 논쟁 따위는 아무런 의미가 없다. 따라서 옛날 학자가 기록한 것이니까, 또는 시인이 쓴 것이니까라는 이유만으로 인용해서는 안 된다. 사물은 모두 서로 다른 것이니까 하나하나 개별적으로 논해야 한다. 비슷하다고 생각되는 예를 참고로 하고 싶다면 말릴 생각은 없지만 어디까지나 참고로 끝낼 일이지 그것을 판단의 근거로 삼아서는 안 된다.

## ● 역사는 인간이 사회를 살아가는 데 있어 어떤 학문보다도 필요한 것이다

●●●●●

과거의 지나간 역사를 공부하는 것은 참으로 중요하다. 대개의 사람들이 알고 있는 지식은 믿을 만한 역사학자의 저서를 읽고 공부해 왔던 결과이다. 그것이 옳든 그르든 간에 우선 지식으로서 알아 두는 것이 중요하다.

그렇다면 독자는 역사 공부를 어떤 방법으로 하고 있는지 궁금하다. 시간과 노력을 절약하기 위해서, 역사적 대사건을 중심으로 공부하고 나머지 것들은 대충 훑어보는 식으로 융통성을 부리는 사람이 있는가 하면, 모든 것에 똑같은 노력을 하여 어느 것이나 똑같이 기억하려는 사람도 있다.

그러나 필자는 다른 방법을 권하고 싶다. 먼저, 국가별로 간단한 역사책을 읽은 뒤 대략적인 개요를 파악한다. 그와 병행하여 특히 중요한 요점, 예를 들어 어디를 정복했다든가 왕이 바뀌었다든가 정치 형태가 바뀌었다는 등, 중요하다고 생각되는 것들을 뽑아 낸다. 뽑아 낸 사항들에 관해서 자세히 기록된 논문이나 책들을 읽고 철저히 공부한다. 그 때는 스스로 깊이 통찰하는 것이 중요하다. 원인을 찾아내어 그것이 무엇을 야기시켰는가를 생각하는 것이 중요하다.

### ● 책에서 배우고 사람에게서 배워라

● ● ● ● ●

프랑스의 역사에 관해서는 비록 짧기는 하지만 아주 잘 쓰여진 르장드르의 역사책이 있다. 그것을 정독하면 프랑스 역사를 한눈에 알 수 있다 그리고 역사적인 중요한 포인트를 알고 싶다면 이번에는 메제레이의 역사책이 도움이 될 것이다.

그 밖에도 하나하나의 시대적 사건에 관해서 자세히 기술하고 있는 역사책이나, 정치적 관점에서 쓰여진 논문 등 참고가 되는 것들은 얼마든지 있다.

근대에 관하여 쓰여진 것은 필립 드 코미느 회고록을 비롯하여, 루이 14세 시대에 쓰여진 역사책들이 많이 나와 있다.

적당히 골라 읽으면 한 시대와 사건에 대해서 입체적으로 알 수 있을 것이다.

그 밖에, 프랑스에서 여러 계층의 사람들과 이야기할 기회가 있을 때, 만일 역사처럼 딱딱한 이야기를 화제에 올릴 수 있는 재주가 있다면, 그것을 시도해 보는 것도 바람직하다. 설령 역사책을 한 권밖에 읽지 않은 사람이더라도(실제로 그런 사람이 많다) 그것을 자랑으로 생각하고 자진해서 이야기해 줄 것이다.

그런 뜻에서 보면 그 나라 여성들은 이런 종류의 책을 많이 읽고 있으니 틀림없이 참고가 될 것이다. 하여튼 현지에서 얻은 지식은 책에서는 얻을 수 없는 정보를 많이 제공해 준다.

## ●훌륭한 사람들의 모임이 있을 때는 어떠한 훌륭한 책을 읽고 있더라도 덮어 버리고 모임에 나가는 것이 좋다

● ● ● ● ●

사회는 마치 한 권의 책과 같다. 지금 필자가 독자에게 권하고 싶은 것이 사회라는 책이다. 이 사회라는 책에서 얻어지는 지식은 지금까지 출판된 책 모두를 합친 지식보다 훨씬 많은 도움이 된다. 따라서 훌륭한 사람들의 모임이 있을 때는 어떠한 훌륭한 책을 읽고 있더라도 당장 페이지를 덮어 버리고 모임에 나가는 것이 좋다.

그렇게 하는 것이 독자에게 몇 배나 커다란 공부가 되기 때문이다. 그러나 갖가지 일과 오락 등 떠들썩한 생활 속에서 살고 있는 우리들도, 하루의 일상 속에서 잠시 숨을 돌리는 자유로운 시간이 반드시 필요한 법이다. 그리고 그러한 시간 중에 책을 읽는 일이야말로 더할 나위없는 안식이요, 기쁨이라고 말하는 지적인 사람도 있다.

그 얼마 안 되는 시간을 이용하여 충실하게 책을 읽으려면 어떻게 해야 하는가? 그에 관해서 몇 가지 주의 사항을 들어 보겠다.

우선 시시하고 따분한 책 따위에 시간을 할애하는 일은 삼가는 것이 좋다. 그러한 책은 달리 쓸 내용이 없는 게으른 작가가 나태하고 무식한 독자를 겨냥해서 쓰는 경우가 많고, 우리 주위를 둘러봐도 그러한 책은 별볼일없는 사람들이 읽는다. 이런 책들은 우리의 지적 생활에 아무 소용이 없는 것이므로 손을 대지 않는 게 좋다.

## ● 한 가지 테마로 좁혀서 그에 관련된 책을 다양하게 읽어라

●●●●●

먼저 책을 읽을 때는 목적을 한 가지로 집중시킨 뒤 그 목적을 달성할 때까지 다른 분야의 책은 손을 대지 말아야 한다. 예를 들어, 현대서 중에서도 특히 중요하고 흥미를 끄는 시대를 몇 개 뽑아 내서 그것을 순서대로 망라해 가는 방법이라면 젊은이들의 장래를 위해서도 좋은 방법이 아닐까?

예를 들어 웨스트팔렌 조약에 초점을 맞추었다고 하자. 현대사의 시작으로서는 참으로 옳은 선택이라고 말할 수 있다. 그렇게 했다면 그것에 관한 책 이외에는 일체 손을 대지 말고 신뢰할 수 있는 역사책이나 문서·회고록·문헌 등을 차례로 읽고 비교하면 좋다.

이런 종류의 연구에 몇 시간이고 소비하라는 뜻은 아니다. 좀 더 다른 방법으로 자유로운 시간을 유용하게 사용할 수 있으면 그것도 좋다. 다만 독서를 한다면 한꺼번에 여러 가지 테마를 추구하기보다는 한 가지로 줄여서 체계적으로 하는 편이 더 능률적이라는 말이다.

여러 가지 책을 읽다 보면 내용이 상반되거나 모순되는 경우도 생길 것이다. 그럴 때는 다른 책을 찾아보면 좋다. 그런 일은 옆길로 새는 것이 아니다. 그렇게 함으로써 오히려 내용이 선명하게 정립되기 때문이다.

예를 들어 어떤 현상에 관하여 책을 읽어도 도무지 내용이 머릿속에 들어오지 않을 때가 있다. 그러나 똑같은 내용이라도 정치가들의 이야기가 화제가 되거나 논쟁거리가 되었을 때, 그 책이나 그것에 관련된 보도로는 입체적으로 파악하지 못했던 일들이 척척 머릿속에 들어오는 수가 있다. 그렇게 해서 얻은 지식이 의외로 완벽할 수 있는 법이다. 그리고 그러한 것들은 쉽게 잊어버리지 않는다. 사건이 일어난 현장에 가서 직접 이야기를 듣고 오는 것도 그런 의미에서 좋은 일이다.

사회인이 된 이후에 책을 읽는 방법에 대해서는 다음 몇 가지 항목을 간추려 말해 주겠다.

(1) 사회에 한 걸음을 내디딘 지금은 많은 책을 읽을 필요는 없다. 그보다는 여러 계층의 사람들과 이야기를 나눔으로써 정보를 수집하는 것이 좋다.

(2) 무익한 책은 절대로 읽지 말 것.

(3) 한 가지 테마로 좁혀서 그에 관련된 책을 다양하게 읽을 것.

이상에서 말한 것을 지키면 하루에 30분의 짧은 독서라도 충분하다.

## 여행을 떠나면 호기심 덩어리가 되어라

여행을 해도 목적지를 여기저기 옮겨 다닐 뿐으로 다음 목적 지까지 얼마나 떨어져 있나, 다음 숙소는 어디인가 하는 것들에만 정신이 팔려 있는 사람은 출발했을 때도 바보였고 돌아왔을 때도 역시 마찬가지로 바보이다.

가는 곳곳에서 교회의 첨탑이나 시계, 화려한 저택 등에 대해서만 보고 크게 떠들어 댈 뿐이라면 얻는 것은 하나도 없는 것이나 다름없다. 그 정도의 것을 얻으려고 여행을 한다면 차라리 아무 데도 가지 않고 집에 있는 편이 바람직하다. 그런데, 어디를 가든지 그 고장의 정세나 다른 고장과의 관계·약점·교역·특산물·정치 형태, 헌법 등을 자세히 관찰하는 사람이 있다.

그 고장의 훌륭한 사람들과의 친분을 깊이 하고, 그 고장의 독특한 예의 범절이나 인간성을 잘 파악하고 오는 사람이 있다. 여행이 자신에게 도움이 되는 것은 바로 이런 사람들의 경우이다. 그리고 이런 사람들은 훨씬 현명해져서 돌아온다.

예를 들어, 로마는 인간의 감정이 생생하게 갖가지 모양으로 표현되어 있는, 그리고 그것이 훌륭하게 예술로 결집되어 있는 도시이다. 그런 도시는 이 세상에 하나밖에 없다. 그러므로 로마에 머무는 동안에 카피톨이나 바티칸 궁전이나 판테온을 구경하는 것만으로 만족해하지 않기를 바란다.

　1분간의 관광을 위해서 열흘 동안 갖가지 정보를 수집하기 바란다. 로마 제국의 본질·교황 권력의 성회·궁정의 정책·추기경의 책략·교황 선거 회의의 뒷이야기 등등, 절대적인 힘을 자랑했던 로마 제국의 내면적인 것이라면 무엇이든 좋다. 무엇이든지 깊이 파고 들어가 볼 일이다.

　어디를 가든지 그 고장의 역사와 현재의 상황에 관하여 간단히 소개해 주는 소책자가 있기 마련이다. 그것을 먼저 읽어 두면 좋다. 부족한 부분도 있겠지만 대개는 커다란 지침이 된다. 그것을 읽고 난 뒤 더 자세히 알고 싶은 것이 있으면 그 고장 사람에게 물어 보면 되기 때문이다.

　그렇다, 모르는 점에 관해서는 그것에 정통하고 있는 사려 깊은 인물에게 물어 보는 것이 제일이다. 책은 아무리 자세히 기록되어 있다 하더라도 그것에서 완벽한 정보를 얻기란 어렵다.

　영국에도 자기 나라 현상을 자세히 해설하고 있는 책이 여러 권 나와 있다. 프랑스에도 그런 책이 많이 있다. 그렇지만 어느 책이나 완벽한 정보로서는 불완전하다. 그것은 자기 나라 현상에 그리 정통하지 못한 사람들이, 마찬가지로 정통하지 못한 사람의 글을 그대로 베껴 쓰기도 했기 때문이다. 그렇다고 읽을 가치가 없다는 것은 아니다. 분명히 읽을 가치는 있다. 읽다 보면 몰랐던 것을 알 수 있기 때문이다. 그것은 만일 그 책을 읽지 않았더라면 머릿속을 스치지도 않았을 그런 지식들이다.

모르는 대목이 뚜렷해지면 단 한 시간이라도 좋으니까 사정에 밝은 의장이나 의원에게 질문해 보아도 좋다. 프랑스에 있는 모든 책을 다 뒤져 보아도  모르는 것은 직접 질문을 통하면 프랑스 의회의 내부 사정에 대해 조금은 알 수 있게 될 것이다.

만일 군대에 관한 지식이 필요하다면 장교에게 물어 보면 좋다. 사람들은 대개 자기 직업에 각별한 애착을 가지고 있으므로 자기의 직업 이야기를 하고 싶어하는 법이다. 더군다나 누구나 자기 직업에 관해서 무엇인가 질문을 받으면 신이 난 나머지 마구 지껄이는 경우가 흔하기 때문이다.

그러므로 어떠한 모임에서 군인을 만나게 되거든 여러 가지를 물어 보면 좋다. 훈련법 · 숙영(宿營) 방법 · 의복의 배급 방법, 혹은 급료 · 역할 · 검열 등등 알고 싶은 것은 무엇이든지 물어 보도록 한다.

마찬가지로 해군에 관한 정보도 수집하면 좋다. 이제까지 영국은 프랑스 해군과 항상 깊은 관계를 가져왔다. 앞으로도 그럴 것이다. 알아서 손해를 볼 것은 없다. 몸으로 직접 익힌 해외 정보가 영국으로 돌아왔을 때 자신을 돋보이게 하고, 또 외국과의 실제적인 교섭에 얼마나 도움이 되는지 생각해 보았는가?

아마도 그것은 자신의 기대 이상이라고 생각한다. 실제로 이 분야에 정통하고 있는 사람은 현재 거의 없다. 미개척 분야인 것이다.

## ●타관 사람의 옷을 벗어 버리면 방문지의 참모습이 보인다

●●●●●

여행을 하는 동안 기껏해야 일 주일이나 열흘 동안, 마치 철새처럼 잠깐 머무르는 것만으로는 즐기기는커녕 상대편과 친근하게 사귈 수가 없다. 받아들이는 쪽도 그렇게 짧은 기간으로는 아는 사이가 되는 것을 주저할 수밖에 없다. 그것뿐이라면 그런대로 좋다. 아는 사이가 되는 것조차 꺼려한다고 해도 그를 비난할 수는 없다.

그러나 머무르게 되는 기간이 길어지면 이야기는 달라진다. 그 고장 사람과 격의없이 사귈 시간이 있다. 당연히 '타관 사람'이라는 감각은 없어진다. 이것이 여행의 진정한 즐거움이 아닐까? 어디를 가든지 그 고장 사람들과 격의없이 사귀고 그 사회에 융합되어 그 고장 사람들의 참모습에 접근해야 한다.

이것이 바로 그 고장의 관습을 알고 예절을 이해하며, 다른 고장에는 없는 특성을 아는 유일한 방법이라고 생각된다. 이것은 단 30분간의 형식적인 공식 방문으로는 얻을 수 없기 때문이다.

세계 어디서나 인간이 가지고 있는 성질은 똑같다. 다른 점이 있다면 그것을 어떻게 표현하는가이다. 그것은 고장에 따라, 환경에 따라 서로 다른 모양을 취한다. 우리들은 그 갖가지 모양과 하나하나 교제해 나가야 한다.

예를 들어 '야심'이라는 감정이 있는데, 이것은 어떤 사람이나 모두 가지고 있는 것이다. 그러나 그것을 만족시키는 수단은 교육이나 풍습에 따라 다르다. 예의를 지킨다고 하는 마음도 기본적으로는 누구나 가지고 있는 감정이다. 그러나 그 마음을 어떻게 표현하느냐 하는 것이 모두 같을 수는 없다.

영국의 국왕에게 절을 하는 것은 존경의 뜻을 표명하는 것이지만, 프랑스 국왕에게 절을 하는 행위는 실례가 된다. 황제에게는 존경의 뜻을 표하여 절을 하는 것이 원칙이다. 전제 군주 앞에서는 반드시 엎드려야만 되는 나라도 있다. 이처럼 예의 범절은 고장에 따라, 시대에 따라, 사람에 따라 다르다.

그러한 예의 범절은 우연한 일로 인해서 일시적으로 생겨 지금까지 이어져 온 것이라고 말할 수 있다. 아무리 현명하고 분별 있는 사람이라도 그 고장 특유의 예의 범절을 배우지 않고는 표현할 수 없다. 그것을 할 수 있는 사람은 실제로 그 고장에 가서 눈으로 보고 몸으로 체험하여 실제 사회에 통달하고 있는 사람뿐이다.

예의 범절은 이성이나 분별로는 설명할 수는 없는 것, 즉 우연히 생긴 것이라는 점을 부인할 수 없다. 그렇지만 그것이 거기에 엄연히 존재하는 이상 그것에 따라야 한다. 이것은 왕이나 황제에 대한 예의에 관해서만 말하고 있는 것이 아니다. 모든 계급에는 관습과 같은 것이 있으므로 관습에 따르는 것이 좋다.

예를 들면, 사람들의 건강을 축복하여 건배하는 우스꽝스러운 행동은 이제 거의 어느 고장에서나 볼 수 있는 관습이 되었다. 내가 가득 채워진 한 잔의 술을 마시는 일과 다른 사람의 건강과는 도대체 무슨 관계가 있단 말인가?

상식적으로 생각해 봐도 도저히 이해가 가질 않는다. 그렇지만 그러한 상식이, 나 자신도 그 관습에 따르는 것이 좋다고 권하고 있는 것이다.

나 자신의 양식(良識)은 '남에게 예의 바르게 해라, 좋은 생각을 가져라.' 라고 명령한다. 그러나 때와 장소와 사람에 따라서 어떻게 예의 바르게 행동할 것인가는 실제로 눈으로 보고 몸으로 익히기 전에는 알 수가 없다. 이것은 앞에서도 이미 말한 바와 같다. 그것을 익히고 돌아오는 것이 올바른 여행 방법이 아닐까?

## ● 어디를 가든지 관광觀光만으로 만족하지 말고, 그 고장의 내부까지 자세히 알아보아야 한다

● ● ● ● ●

분별 있는 사람은 어디를 가든 그 고장의 풍습을 배워 그것에 따르려고 노력한다. 전세계 어디를 가든 그렇게 하는 것이 필요하다.

도덕적으로 용납될 수 없는 일이 아닌 이상은 무슨 일에서나 그렇게 따르는 것이 좋다. 그 때 가장 도움이 되는 것이 바로 적응력이다. 순간적으로 그 장소에 적합한 태도를 결정할 수 있는 능력이다.

진지한 사람 앞에서는 진지한 표정을 지을 수 있고, 쾌활한 사람에게는 밝게 행동하고, 시시한 사람에게는 그저 적당히 상대를 한다. 그러한 능력을 몸에 익히도록 힘껏 노력해 주길 바란다.

여러 고장을 방문하여 똑똑한 사람들과 교제함으로써 여러분은 그 고장의 인물로 변신할 수 있을 것이다. 프랑스인도 아니고 이탈리아인도 아닌, 유럽 사람이 되는 것이다. 여러 고장의 좋은 풍습을 겸허하게 받아들여 파리에서는 프랑스인이, 로마에서는 이탈리아인이, 그리고 런던에서는 영국인이 되는 것이다.

지금까지 여러 가지를 이야기했는데, 해외 여행을 강조한 것은 이런 것들을 몸에 익혔으면 하고 원했기 때문이다.

어디를 가든지 관광만으로 만족하지 말고 그 고장의 내부까지 똑똑히 보고 오길 바란다. 그 곳 사람들과 친밀하게 사귀어 관습과 예의 범절을 알아 오기 바란다. 그리고 그 나라의 말을 익히기 바란다.

# 판단력과 표현력을 갖추는 결정적인 방법

자신의 주장을 굽히지 않는 자는 진실을 사랑하는 것
이상으로 자기 자신을 사랑하는 사람이다.
—주베르(Joubert:1754~1824. 프랑스의 모랄리스트)

## ●타인의 생각으로 사물을 판단하지는 않는가?
## 자기 스스로 생각하는 힘을 기르자

●●●●●

이제 자신이 사물을 차분히 관찰하고 생각할 수 있는 나이라고 여겨진다면, 같은 나이 또래의 청소년으로서 그것을 할 수 있는 사람이 흔하지 않겠지만 꼭 사물을 깊이 생각하는 습관을 몸에 익히기 바란다.

하기야 필자도 그것을 실천한 것은 나이가 상당히 들어서였다. 16~17세까지도 필자는 스스로 생각하지를 못했다.

그 후 조금은 생각하는 능력을 갖게 됐으나 여전히 생각한 것을 무엇인가에 소용닿게 하지는 못했다. 그 때의 나는 읽은 책의 내용을 제대로 이해하지도 못하고 그대로 받아들였으며, 교제하는 사람들의 하는 말을 그 옳고 그름에 대해 생각지도 않은 채 그대로 받아들였다. 그 당시 나는 시간과 노력을 들여 진실을 추구하기보다 틀리는 한이 있더라도 무조건 받아들이는 것이 낫다는 생각을 갖고 있었다. 생각하는 것을 귀찮게 여겼으며 놀기에 여념이 없었다. 그리고 상류사회의 독특한 사고 방식에 대해서는 다소의 반항을 가지고 있었음을 부인하지 않겠다.

그러한 형편이었기 때문에 분별 있는 생각을 갖기는커녕, 정신을 차렸을 때는 이미 편견에 휘말려 들어가고 있었다. 스스로가 깨닫지 못하는 사이에 진리를 추구하는 대신 잘못된 생각을 기르고 있었던 것이다. 그렇지만 일단 스스로 생각하겠다는 결심을 굳건히 하고 그것을 시작해 보니 놀랍게도 사물을 보는 눈이 달라졌다. 주어진 사고 방식으로 사물을 보거나 실체가 없는 곳에 큰 힘을 부여하던 그전과 비교할 때, 비로소 사물이 얼마나 정연하게 보였는지 모른다.

물론 나는 지금도 다른 사람으로부터 영향받은 사고 방식에서 크게 벗어나지 못하고 있는지도 모른다. 오랜 세월 동안에 다른 사람으로부터 알게 모르게 전해진 사고 방식이 그냥 그대로 나 자신의 사고 방식이 된 것도 많이 있다.

사실상, 젊었을 때 가르침을 통해 그냥 그대로 영향받은 생각들과 몇 년이 지난 지금에 이르러 스스로의 힘으로 길러 온 생각들 사이에는 구별을 할 수 없는 것도 있기는 하다.


## ●첫 눈에 그럴 듯해 보이는 것에 현혹되지 말아라

● ● ● ● ●

그렇지만 젊은이에게 가장 주의해 주기 바라는 것은, 잘못되어 있기는 하지만 그렇게 어리석지는 않은 사고방식이다. 그것들은 이해력도 훌륭하고 사고 방식도 건전한 사람들이 간혹 진리를 추구하려는 노력을 게을리하고, 집중력과 통찰력을 가지고 있지 않았기 때문에 그냥 방치되어 온 것이다.

그 예를 들자면 유사 이래 줄곧 믿어져 온 '전제 정치 아래서는 참다운 예술도 과학도 자라지 못한다.' 라는 말을 꼽을 수 있다. 과연 자유가 제한되어 있는 곳에서는 재능도 봉쇄되어 버리는 것일까? 이 생각은 언뜻 보기에는 그럴 듯하게 보이지만 그것은 분명히 틀리다.

농업과 같은 기술이라면 정치의 형태에 의하여 소유지나 이익이 보장되지 않을 경우, 확실히 진보하기 어려울지 모르겠다. 그렇지만 전제 정치가 수학자나 천문학자, 또는 웅변가 등의 재능을 억제해 버린다는 말이나 실례를 듣거나 본 적이 없다.

94

설혹 시인이나 변사가 좋아하는 주제를 자신이 선호하는 방식으로 표현할 수 있는 자유를 빼앗길지도 모른다. 그렇지만 정열을 쏟을 대상을 빼앗기는 것은 아니다. 가령 재능이 있다면, 그것까지 잘려 버릴 염려는 없는 것이다.

무엇보다도 이 생각이 옳지 않음을 증명한 사람들은 프랑스의 작가들이다. 코르네유, 라신(프랑스 극작가), 몰리에르, 브왈로(프랑스의 시인, 비평가), 라퐁텐(프랑스 시인) 등 그들은 아우구스투스 시대와 필적한 만하다고 생각되는 루이 14세의 압제하에서 그 재능을 꽃피웠던 것이다.

아우구스투스 시대의 우수한 작가들이 재능을 발휘한 것은 잔인하고 쓸모없는 황제가 로마 시민의 자유를 구속하고 난 뒤였다는 것을 기억하기 바란다. 또 편지라는 것을 다시 평가하게 된 것도 자유로운 풍토 아래서가 아니었다. 절대적인 권력을 쥐고 있었던 교황 10세, 그리고 전에 없는 독재 정치를 행한 프란시스 1세의 시대에 장려되고 보호된 것이었다.

필자는 결코 전제 정치를 편들어서 이야기하고자 하는 것이 아님을 이해하기 바란다. 독재는 내가 가장 싫어하는 것이다. 압제는 인간의 기본적 권리를 침해하는 가장 악랄한 범죄 행위라고 나는 생각한다.

## ● 모든 것을 종합해서 정말로 자신의 생각인지를
차분히 다시 한 번 생각해 본다

　자신의 머리를 써서 사물을 똑똑하게 생각하는 습관을 기르기 바란다. 현재의 자신의 사고 방식을 하나하나 점검하여 정말 자신의 생각으로 그런 결론에 도달했는가, 남이 가르쳐 준 대로 생각하고 있는 것은 아닌가, 편견이나 독단적인 생각은 없는가 하고 살펴보는 일부터 시작해야 한다. 편견이 없어지면 여러 사람들의 의견을 두고 옳은가 그른가, 어디가 옳지 않은가를 생각하고 모든 것을 종합해서 자기 자신의 생각을 가져주기 바란다.

　'좀더 일찍 판단했더라면 좋았을걸…!' 하고 후회하는 일이 없도록 조금이라도 빨리 시작해 보길 바란다. 물론 인간의 판단력이 언제나 옳다는 것은 아니다. 때때로 틀릴 수도 있다.

　그렇지만 이렇게 하는 것이 가장 적게 틀릴 수 있다는 필자의 생각에는 변함이 없다. 그것을 보충해 주는 것이 책이고, 사람들과의 교제이다. 그러나 책이든 사람과의 교제이든 지나치게 믿고, 무턱대고 받아들여서는 안 된다. 그것들은 어디까지나 개인에게 주어진 판단력의 보조물에 불과하다.

　번잡하고 귀찮은 일이 여러 가지 많겠지만 그것들 중에서도 특히 많은 사람들이 생략하고 싶어하는 '생각한다' 고 하는 작업만큼은 부디 생략하지 않길 바란다.

## ● 언제 어디서나 올바른 판단력을 기르자

● ● ● ● ●

어떠한 장점이나 덕행에도 그와 비슷한 단점이나 부덕(不德)이 있는 법이며, 한 발 잘못 디디게 되면 생각지도 못한 과오를 범하는 수가 있다. 관대함은 정도가 지나치면 응석받이를 만들고, 절약은 인색함이 되며, 용기는 무모함을, 지나친 신중은 비겁함을 낳는다.

그렇게 생각해 보면 결점이 없도록, 또한 부도덕한 행위를 하지 않도록 주의하는 것 이상으로 장점이나 덕을 가지고 있다는 것에도 주의가 필요한 것이 아닌가라는 느낌을 지울 수 없다.

부도덕한 행위라는 것 자체가 아름다운 것은 아니다. 그러므로 한번 보면 무의식 중에도 시선을 회피하게 되므로, 그 이상 깊이 관련하고자 하는 생각은 일어나지 않는다.

그런데 도덕적 행위는 아름답다. 그러므로 처음 보았을 때부터 마음을 빼앗기게 되고, 보면 볼수록, 그리고 알면 알수록 매혹되어 간다. 그래서 얼마 안 가서 자신도 취해 버리는 것이다.

올바른 판단이 필요한 것은 바로 이 때이다.

도덕적 행위가 마지막까지 계속 도덕적 행위로 유지되게 하기 위해서, 그리고 장점이 끝까지 장점이 되게 하기 위해서는 매혹당하여 정신을 잃으려는 자신을 채찍질하며 굳건히 버티어야 한다.

이런 말을 꺼낸 것은 다름아니라, '학식이 풍부하다' 고 하는 장점을 가진 사람이 자칫 빠지기 쉬운 함정에 관해서 이야기 하고 싶었기 때문이다.

지식이 많다는 것도 올바른 판단이 없으면 '아니꼽다' 라든가 '학자인 체한다' 고 하는 엉뚱한 험담을 듣게 될지도 모른다. 이 글을 읽는 젊은이들도 언젠가는 많은 지식을 갖게 될 것이다. 그 때를 위하여 보통의 사람들이 빠지기 쉬운 함정에 빠지지 않도록 지금부터 주의를 해 두는 것이 바람직하다.


## ● 지식은 풍부하게, 몸가짐은 겸허하게

● ● ● ● ●

학식이 풍부한 사람은 자신이 가진 지식에 자신을 과신한 나머지 남의 의견에 귀를 기울이지 않는 일이 많다. 그리고 일방적으로 판단을 강요하거나 멋대로 단정하기도 한다.

그렇게 하면 어떤 결과가 오겠는가? 그처럼 억압당한 사람들은 모욕을 당하고 상처를 입었다고 생각하여 순순히 따르지 않을 것이다. 격분하고 반항할 것이다. 심한 경우는 법적 수단에 호소하는 사태가 일어날지도 모른다. 이것을 피하기 위해서는, 지식의 양이 늘어나면 늘어날수록 소극적인 자세로 나아가야 한다. 즉 겸허한 태도를 보이는 것이다.

자기 자신을 지나치게 내세우면 안 된다. 확신이 있는 일에 관해서도 별로 확신이 없는 것처럼 행동한다. 의견을 말할 때도 단정적으로 딱 잘라서 말하지 않는다. 남을 설득하고 싶으면 상대편의 의견에 차분히 귀를 귀울인다. 그 정도의 겸허함이 없으면 안 된다.

만일 자신이 학자인 체하여 얄미운 녀석이라는 지탄을 받기 싫다면, 가장 좋은 방법은 자기 지식(知識)을 자랑하지 않는 일이다. 주위 사람들과 똑같이 평범하게 이야기한다. 화려하게 꾸미지 말고 순수하게 내용만을 전달하면 된다. 주위 사람보다 조금이라도 훌륭한 것처럼 보이게 하거나, 학문(學問)이 있는 것처럼 보이려고 하면 안 된다.

지식은 회중시계처럼 호주머니 속에 넣어 두면 된다. 내보여 자랑하고 싶은 욕심 때문에 필요도 없는데 호주머니 속에서 꺼내거나, 묻지도 않은 시간을 가르쳐 주거나 할 필요는 없다. 시간을 묻는 사람이 있을 때 조용히 대답하면 된다. 시간의 파수꾼이 아니므로 누가 묻지도 않는데 시간을 알려 줄 필요는 없다.

학문은 몸에 지니고 있지 않으면 곤란한, 이를테면 매우 유용한 생필품과 같은 것이다. 몸에 지니고 있지 않으면 필요할 경우 꺼내 쓸 수 없어서 곤란할 때가 있다. 몸에 지니고 있지 않으면 크게 창피를 당하게 된다. 그렇지만 지금 내가 말한 것과 같은 잘못을 저질러서 비난을 받지 않도록 주의해야 한다.

## ●근거 있는 이야기만으로는 훌륭한 열매를 맺지 못한다

● ● ● ● ● ●

이런 적이 있었다. 친척뻘 되는 학식이 풍부하여 훌륭하다고 할 만한 신사가 나를 찾아와서 함께 식사를 하고 저녁 한때를 같이 보내게 되었다. 그런데 힘들어서 녹초가 되었다고나 할까? 아니, 혼났다는 표현이 더 적절할지 모르겠다.

"왜 피곤했어요? 오히려 즐거웠던 게 아니에요?"

라고 반문할지 모르겠지만 이 사람이야말로 정말 구제불능이었던 것이다.

이 인물은 예의도 모르거니와 말할 줄조차 모르는, 이른바 '바보 학자'였다. 흔히 잡담을 '근거도 없는 시시한 이야기'라고 말하기도 하지만, 이 사람의 이야기는 온통 근거가 있는 이야기뿐이었다. 나는 이것에 진절머리가 난 것이다.

이러저러한 잡담이라면 차라리 밑도끝도없는 편이 얼마나 고마운지 모른다.

그는 아마도 오랜 동안 연구실에 처박혀서 모든 일들에 관해 생각을 거듭한 끝에 자기 주장을 확립한 것이리라. 말 끝마다 자기 주장을 들고 나와, 내가 조금이라도 자신의 의견에 벗어난 말을 하기라도 하면 눈을 크게 뜨고 분개하는 것이다.

확실히 그의 주장은 모두 지당하다. 그런데 유감스럽게도 현실성이 결여되어 있었다.

왜 그러냐 하면 그는 책만 읽었지 사람과의 교제를 하지 않았던 까닭이다. 학문에는 조예가 깊었지만 사람에 대해서는 전혀 무지하기 때문이다.

자기 생각을 말로 표현할 때도 전달하는 것이 굉장히 힘들었다. 말이 입에서 쉽게 나오지 않았다. 나왔는가 하면 곧 끊어진다. 게다가 그 말하는 모습은 무뚝뚝하고 동작은 세련되어 있지 않았다.

나는 곰곰이 생각했다. 아무리 학식이 풍부한 훌륭한 인물이라도 이런 사람과 이야기를 해야 한다면, 차라리 조금은 세상을 알고 있는 교양 없는 수다쟁이 여인과 이야기 하는 편이 훨씬 낫겠다고 여겨진다.

## ●학식은 풍부한 사람이지만 세상을 모르는 사람만큼
   처치 곤란한 사람은 없다. 세상을 알아야 한다

● ● ● ● ●

세상을 모르는 자가 휘두르는 이론이란, 세상이 그렇게 판에 박은 듯이 돌아가지 않는 것임을 아는 인간을 매우 피로하게 만든다. 가령 "세상은 그런 것이 아니란 말이요!"라고 말참견을 한다 하더라도 그런 말 참견을 시작하려면 끝이 없고, 게다가 상대는 이쪽 말에는 귀도 기울이지 않으니 난감하다.

하지만 그것도 깊이 생각하면 이해가 간다. 상대는 옥스퍼드 대학이나 케임브리지 대학에서 몸에 녹이 슬도록 연구한 사람이니까. 예를 들어 인간의 두뇌에 관해서, 마음에 관해서, 이성 · 의지 · 감각 · 감상에 관해서 보통 사람이 생각지도 못하는 곳까지 세분화하여 인간을 철저히 연구하고 분석하고, 그렇게 해서 자기의 학설을 확립한 사람들인 것이다. 그러니 그렇게 쉽게 물러설 리가 없다. 자기가 옳다고 생각하는 것도 당연하다.

그것은 또한 그 나름으로 훌륭한 일이라고 나는 생각한다. 다만 곤란한 것은, 그는 실제로 인간을 관찰한 일도 없고 교제한 일도 없으므로 세상에는 갖가지 인간이 있으며 그들은 갖가지 관습 · 편견 · 기호를 가지고 있다는 사실과 그것들을 모두 종합한 끝에 한 사람의 인간이 존재한다는 것을 전혀 모르고 있다는 점이다. 이를테면 인간에 관해서는 완전히 무지라는 말이다.

그런 형편이기 때문에, 예를 들어 연구실에서 '인간은 칭찬을 받으면 기뻐한다.' 라는 이론을 발견하여 자신도 그것을 실천하려고 하지만 실제로 그 방법은 모른다.

모르면 어떻게 해야 하나? 그렇다, 무턱대고 마구 칭찬할 수밖에 없다. 그렇게 하면 결과가 어떻게 되는가는 독자들도 쉽게 상상할 수가 있을 것이다.

칭찬하는 말이 장소에 어울리지 않았거나 딱 들어맞지 않았거나 계제가 나빴거나… 그러한 것이었다면, 차라리 아무 말도 하지 않는 편이 더 나을 것이다.

그들은 머릿속이 온통 자기의 의견으로만 가득 차 있어, 주위 사람들이 지금 어떤 상황에 있는지, 어떤 이야기를 하고 있는지에는 생각이 미치지 않는다. 또 생각하려는 마음조차 갖지 못하고 있다.

그래서 가는 날이 장날이었다는 식으로 앞뒤 생각지 않고 칭찬해 버린다. 칭찬을 받은 사람이 어리둥절해하고 당황해하며 다음에는 또 무슨 말을 듣게 될까 조마조마해하는 것도 무리가 아니다.

## ● 인간은 어떤 색깔로도 변할 수 있다

● ● ● ● ● ●

세상을 모르는 학자에게는 아이작 뉴턴이 프리즘을 통해서 빛을 보았을 때처럼 인간이 몇 가지 색으로 분류되어 보인다. 이 사람은 이 색, 저 사람은 저 색이라는 식으로 말이다.

그런데 경험이 풍부한 염색업자는 다르다. 색에는 명도가 있고 채도가 있다는 것을 알고 있다. 똑같은 색으로 보여도 자세히 보면 서로 다른 여러 가지 색이 섞여 있음을 알고 있다.

애당초 똑같은 색만으로 된 인간은 없다. 다소는 다른 색이 섞여 있거나 그림자가 들어 있는 법이다. 그것만이 아니다. 비단이 빛을 받는 정도에 따라서 여러 가지 색으로 변하는 것처럼 상황에 따라서 다양한 빛깔로 변하는 것이 인간이다.

이런 것은 세상을 살아가는 사람이라면 누구나 다 알고 있다. 그런데 세상에서 격리되어 홀로 연구실에 틀어박혀 있는 자신만만한 학자는 그것을 모른다.

이것은 머리로 생각해서는 알 수 없는 것이다. 그러므로 공부한 것을 실천하려고 해도 앞뒤가 맞지 않아 당황하게 된다. 춤추는 것을 본 일이 없는 사람이나 댄스를 배운 적이 없는 사람은 아무리 악보를 읽을 줄 알고 멜로디나 리듬을 이해할 수 있더라도 춤을 출 수는 없다. 모든 것이 이와 같다. 자신의 눈으로 보고 귀로 들어서 세상을 알고 있는 사람과는 확실히 다른 것이다.

이와 똑같이 '칭찬하는' 위력을 안다면, 언제 어디서 어떻게 칭찬하면 좋은가를 명확히 분별할 필요가 있다. 말하자면 환자의 체질에 따라 투약을 하는 것이다.

그들은 직접 칭찬하는 일을 거의 하지 않는다. 완곡하게 비유적으로 혹은 암시적으로 칭찬을 한다. 결국, 머리로 생각하는 것과 현실 사이에는 커다란 격차가 있다는 것을 알아야 한다.


## ● 책에서 얻은 지식은 실생활에 쓰여야 비로소 지혜가 된다

● ● ● ● ●

혹시 지식이 모자란 사람이 우수한 사람을 상대로 들키지 않고 능숙하게 그를 조정하고 있는 것을 본 일이 있는가? 나는 지금까지 여러 번 그러한 예를 보아 왔다.

그런 일이 가능한 것은 분명히 열등한 사람 쪽이 지식은 부족하지만 세상을 사는 지혜는 뛰어난 경우였다. 그들은 지식과 인격은 있지만 세상 물정에 어두운 사람들의 맹점을 파고 들어 그들을 마음대로 움직이고 있는 것이다.

자기 눈으로 관찰하고 실제로 체험해서 세상을 알고 있는 사람은 단지 책을 통해서 세상을 알고 있는 사람과는 근본적으로 다르며 그들보다 더 우수하다. 그것은 잘 훈련받은 말이 노새보다 훨씬 쓸모 있는 것과 똑같다.

젊은이들도 지금까지 공부해 온 것과 보고 들은 것을 총괄하여 나름대로의 판단을 내리고 자신의 인격이나 행동 양식, 그리고 예의 범절을 확립하지 않으면 안 되는 시기에 이르렀다. 앞으로는 세상을 알고, 살아가는 지혜를 연마하기만 하면 되는 것이다. 그런 의미에서 볼 때 사회에 관해서 쓰여진 책을 읽는 것은 매우 바람직하다. 책에 기록되어 있는 것과 현실을 비교해 보면 많은 도움이 될 것이다.

이를테면 오전 중의 공부 시간에 라 로슈푸코(프랑스의 모랄리스트)의 격언을 몇 구절 읽고 깊이 고찰하였다고 하자. 그러면 늦은 밤 사교 모임에서 만난 사람들에게 적용시켜 생각해 보면 좋다. 만약 라 브뤼에르(프랑스의 모랄리스트)를 읽었으면, 거기에 묘사되어 있는 세계는 어떤 것인가를 실제로 밤의 사교장에서 확인해 보는 것이다.

인간의 심리적인 움직임이나 감정의 동요 등에 대해 책에는 여러 가지 예문들이 쓰여져 있다. 그것을 읽어 보는 것은 좋다. 그렇지만 그것으로 끝나서는 안 된다. 실제로 사회에 발을 들여 놓고 관찰하라. 실행하지 않으면 어렵게 얻은 지식도 결코 산 지식이 되지 못한다.

때로는 오히려 잘못된 방향으로 나갈 수도 있다. 방 안에서 세계 지도를 펴 놓고 눈이 뚫어지게 쳐다본들, 세계에 관해서는 아무것도 알지 못하는 법이다.

## 전체적인 내용도 중요하지만 지엽적인 부분이야말로 더욱 중요하다

만일 자기가 전달하고자 하는 내용을 아무런 꾸밈도 보태지 않고 이치 정연하게 이야기할 수 있어서 그것으로 충분하다고 생각하여 정계에 들어가겠다고 마음먹었다면 그것은 터무니없는 잘못이다. 사람들 앞에서 이야기할 때는 이야기의 내용이 아니라, 말을 얼마나 잘 하느냐 못하느냐에 따라서 그 사람의 평가가 결정되어 버린다.

사사로운 모임에서 사람의 마음을 붙잡고자 할 때나 공적인 회합에서 청중을 설득하고자 할 때, 이야기의 내용도 중요하지만 말하는 사람의 분위기·표정·몸짓·품위·목소리를 내는 방법, 사투리의 유무, 강조하는 화법·억양 등의 지엽적인 부분이 더욱 소중한 것이다.

필자는 피트 씨와 스토마운트 경의 백부뻘 되는 사법 장관 무레이 씨가 이 나라에서 가장 연설을 잘 하는 인물이라고 생각하고 있다. 이 두 사람 말고 영국의회를 조용하게 만들 수 있는 사람, 즉 논쟁의 과열을 진정시킬 만한 인물은 없다. 이 두 사람의 연설은 시끄러운 의원들을 침묵시켜 귀를 기울이게 할 수 있는 힘을 갖고 있다. 그분들이 연설하고 있을 때 가 보면 알 수 있다. 바늘이 떨어지는 소리까지 들릴 정도이다.

두 사람의 연설이 왜 그렇게 힘을 가지고 있는가? 내용이 훌륭하기 때문일까? 정확한 증거를 내세우고 있기 때문일까?

나도 그들의 연설에 매료된 사람 중의 하나이지만, 집에 돌아와서 왜 그렇게 매료당하는가를 생각해 본 적이 있다. '도대체 그 사람들은 무엇을 이야기했나?' 하고 구체적으로 다시 생각해 보니 놀랍게도 내용이 거의 없고 테마도 설득력이 없는 때가 많았다. 이를테면 그 연설의 표면상에 드러나는 허식에 매료되어 있는 때가 많았던 것이다.

아무런 꾸밈도 없는 이치 정연한 화술은 지적인 인간이 두세 사람 모이는 곳이나 사사로운 모임에서는 설득력이 있고 매력도 있을지 모르겠다. 그렇지만 많은 사람을 상대로 하는 공적인 모임에서는 통용되지 않는다.

세상이란 그런 것이다. 우리들은 연설을 들을 때 어떤 가르침을 받기보다는 편안하게 들을 수 있는 편을 택한다. 원래 가르침을 받는다는 것은 그다지 기분좋은 일이 아니다. 무식하다는 말을 듣는 것과 같기 때문이다. 연설이 청중들의 귀에 척척 들어가서 찬사를 받기 위해서는 우선 목청이 좋아야 한다.

이것은 연설이 그다지 능숙하지 못한 이 나라 사람들에게는, 그리고 특히 젊은이에게는 다시 생각해 볼 필요가 있는 중요한 일이 아닐까?

### ●말을 잘 하는 사람이 되고 싶다면 자신을 표현하는 말씨를 매일 닦아야 한다

●●●●●

말을 잘 하는 사람이 되고 싶다는 목표를 항상 마음 속에 새겨 두고 그 실현을 위해 책을 읽고 문장 연습을 하는 등, 많은 노력을 집중시켜야 한다.

우선 자기 자신에게 이렇게 말해 보라.

'나는 사회에서 다른 사람 못지않은 사람이 되고 싶다. 그러기 위해서 우선 말을 잘 해야 한다. 정확한 일상 회화를 갈고 닦으며, 품위가 있지만 뽐내지 않는 화술을 몸에 익히도록 노력하자. 고전이나 현대 작품을 불문하고 웅변가들이 쓴 책을 읽자. 말을 잘 할 수 있게 되기 위해서 그것을 읽어야 한다!'

자기 자신에게 이렇게 타이르면 좋다.

### ●책에 있는 좋은 표현을 내 것으로 만들자

●●●●●

실제로 그러한 목적으로 책을 읽을 때는 문체나 말씨의 사용법에 주의하면 좋다. 어떻게 하면 좀더 좋은 표현이 되는가, 자기가 똑같은 글을 쓴다면 어떤 점이 부족한가를 생각하면서 책을 읽어야 한다.

똑같은 뜻을 나타내는 글을 쓰더라도 저자에 따라서 표현이 어떻게 다른가? 표현이 다르면 똑같은 내용이라도 느낌이 얼마나 달라지는가에 주의하면서 책을 읽어 본다.

더불어, 아무리 훌륭한 내용이라도 말씨의 사용법이 우습거나 문장에 품위가 없거나 문체가 어울리지 않으면, 얼마나 흥이 깨지는가에 대해 잘 관찰해 두면 좋다.


## ● 말하는 법과 문장력, 그리고 자신의 스타일을 연구한다

● ● ● ● ●

또, 아무리 자유로운 회화라도 아무리 친한 사람에게 보내는 편지라 하더라도, 자기만의 독특한 스타일을 갖고 있다는 것은 매우 중요하다.

이야기를 하기 전에 미리 말할 내용을 준비하는 것은 중요하지만 만약 미리 준비하지 못했을 경우에는 이야기가 끝난 뒤 '좀더 좋은 대화 방법과 표현은 없었을까?' 하고 반성해 보는 것도 화술 향상에 도움이 된다.

## ● 말은 바르게 사용하고 명확하게 발음한다

● ● ● ● ●

독자는 우리들의 마음을 사로잡는 배우들이 어떤 식으로 말하고 있는지 주의해 본 적이 있는가? 잘 관찰해 보면 알겠지만 좋은 배우는 명확한 발음과 정확한 말을 사용한다.

말이라는 것은 개념을 전달하기 위해서 존재한다. 그러므로 개념이 전달되지 않는 방법으로 말을 하거나, 듣기 싫은 방법으로 말을 한다는 것은 어리석기 이를 데 없다.

주위의 사람에게, 특히 부모나 형제에게 부탁하여 매일 큰 소리로 책을 낭독하고 그것을 들어 달라고 부탁하라. 숨을 이어가는 방법, 강조하는 방법, 읽는 속도 등에 부적당한 곳이 있으면 일일이 그 대목에서 중지시켜 고쳐 달라고 부탁하라.

읽을 때는 입을 크게 벌리고 한 마디 한 마디 명확히 발음할 것, 조금이라도 빠르거나 말씨가 불명확하면 그 대목에서 지적해 달라고 말해 보아라.

혼자서 연습할 때도 자신의 귀로 잘 듣도록 해라. 처음에는 천천히 읽지만 점점 말이 빨라지기 쉬운 자신의 나쁜 버릇을 고치도록 유의하라. 발음하기 어려운 자음(子音)이 있으면 완벽하게 발음할 수 있을 때까지 몇천 번이든 연습하라.

## ●듣는 사람은 무엇을 바라고 있는가를 생각한다

● ● ● ● ●

사람을 제압하기 위해서는 과대 평가하지 않는 것이 중요하
다고 말한 적이 있지만, 연설에서 청중을 기쁘게 하는 데도 청
중을 과대 평가하지 않는 것이 중요하다.

나도 처음으로 상원 의원이 되었을 때는 의회가 존경할 만한
사람들만 모여 있는 곳이라는 생각에 일종의 위압감을 느꼈다.
그렇지만 그것도 잠시일 뿐, 의회의 실정을 알게 되니 그런 생
각이 터무니없음을 알게 되었다.

나는 알았던 것이다—즉, 560명의 의원들 중에서 분별력이
있는 인간은 기껏해야 30명 내외이고, 나머지는 거의 평범한 사
람에 가깝다는 것을. 그리고 품위 넘치는 말씨로 다듬어진 알맹
이 있는 연설을 요구하는 것은 그 30명 정도의 인간뿐이고, 나
머지 의원들은 내용이야 어떻든 듣기에 좋은 연설을 듣게 되면
더없이 만족한다는 것을.

그것을 알고부터는 연설할 때마다 긴장하는 일도 적어지고,
나중에는 청중에 전혀 신경을 쓰지 않고 오로지 이야기의 내용
과 화술에만 정신을 집중시킬 수 있게 되었다.

자랑삼아 하는 말은 아니지만, 어느 정도 알맹이 있는 이야기
를 할 수 있을 정도의 양식을 나는 갖추고 있다고 생각되었던
것이다.

웅변가는 솜씨 좋은 제화공과 비슷하지 않을까? 웅변가나 제화공은 상대방—즉 청중·고객—에게 어떻게 하면 맞출 수 있는가를 터득하고 나면 그 뒤는 모든 것을 기계적으로 할 수 있다. 만일 자신이 청중을 만족시키고 싶으면 청중이 기뻐하는 방법으로 만족시켜 주지 않으면 안 된다.

연설자가 청중의 개성까지 좌우할 수는 없다. 있는 그대로의 그들을 받아들일 수밖에 없는 것이다. 그리고 여러 번 말한 바와 같이 그들은 자기들의 오감, 또는 마음을 붙잡는 것을 좋아하고 받아들인다.


## ● 서둘러라, 그러나 허둥대지 말아라

●●●●●

지성이 있는 사람은 서두르는 일은 있어도 허둥대는 일은 없다. 허둥대면 일을 망친다는 사실을 알고 있기 때문이다. 그러므로 서둘러서 일을 완성시키는 일은 있어도, 서두름으로 인해 일이 아무렇게나 되지 않도록 신경을 써야 한다.

소심한 사람이 허둥대는 것은 부과된 일이 힘에 부친다는 것을 알았을 때이다. 대개는 그렇다. 자신의 힘으로는 어찌할 도리가 없다고 생각하기 때문에 허둥대어 뛰어다니며 머리를 썩이고, 결국 혼란에 빠져서 뭐가 뭔지 모르게 된다.

이것 저것 모두 한꺼번에 해치워 버리려고 하기 때문에 어느 것에도 손을 댈 수 없는 상황이 벌어진다.

그 점에 있어서 분별이 있는 사람은 다르다.

손을 대려고 하는 일이 완전히 끝마치는 데 필요한 시간을 미리 준비해 두었다가, 서두를 때도 한 가지 일에 신경을 집중시켜 완성시킨다. 요컨대, 서둘러도 항상 냉정하고 침착하여 결코 허둥대지 않으며, 또한 한 가지 일을 끝맺기 전에 다른 일에 섣불리 손을 대지 않는다.

대다수의 사람들은 여러 가지 할 일이 많아서 충분한 시간을 낼 수 없을 수 있다. 그렇지만 일을 아무렇게나 하려면 차라리 절반만을 완벽하게 하고 나머지는 아예 손을 대지 않은 채로 남겨 두는 편이 훨씬 낫다. 허둥대어 몇 초간의 시간을 벌었다고 하더라도 그 시간은 결코 아무런 쓸모도 없는 것이다.

*6*

# 일생의 우정을
# 어떻게 키울 것인가?

어린 아이로부터 어른이 되는 것은
단 한 발, 단 한 걸음에 불과하다. 고독하게 되는 일,
자기 자신이 되는 일, 부모로부터 떨어지는 일, 이런
일들이 어린 아이가 어른이 되는 첫걸음인 것이다.
—헤르만 헤세(1877~1962. 독일의 소설가, 시인)

## ● 시시한 사람은 가볍게 대하되 적으로 만들지는 말아라

● ● ● ● ●

어떠한 친구를 가지고 있느냐가 그 사람의 평가를 결정한다
고 생각해도 좋다. 이것은 이치에 어긋나는 말이 아니다. 그것
을 정확하게 표현하고 있는 말이 스페인 속담에 있다.

누구와 교제하고 있는지 가르쳐 다오.
그렇다면
네가 어떤 놈인지 알아맞혀 보겠다.

116

부도덕한 자나 어리석은 자를 친구로 가지고 있는 사람은 그 사람도 구린 짓을 하거나, 숨겨 두고 싶은 비밀이 있지 않을까 라는 의심을 받기 쉽다. 그렇지만 여기서 주의하지 않으면 안 되는 것은 부도덕한 자나 어리석은 자가 접근해 왔을 경우, 눈 치채지 못하게 몸을 피하는 것은 당연하다 할지라도 필요 이상 으로 냉담한 태도를 보여 적으로 만들어서는 안 된다는 것이다. 친구로 삼고 싶지 않은 사람이 얼마든지 있겠지만 그렇다고 그 들을 적으로 만들어서는 이득이 되지 않는다.

필자가 그런 입장이라면 적도 아니고 내 편도 아닌 중간자적 입장을 택하겠다. 이것은 안전한 방법이다. 나쁜 행동이나 어리 석은 행동은 미워하더라도 인간적으로는 적대시하지 말아야 한 다. 일단 그들로부터 적의를 받게 되면 끝장이다. 친구가 되는 것보다는 낫겠지만 그래도 피해를 입을 수 있다.

중요한 것은 상대가 누구든 간에 말해서 좋은 것과 말해서는 안 되는 것, 그리고 해서 좋은 일과 해서는 안 되는 일을 분간하 여 자기 자신을 통제하는 일이다. 분별 있는 체하는 것은 가장 나쁘다. 상대에게 불쾌감을 주고, 사실은 그렇지 않을 경우에 오히려 상대를 화나게 만든다. 진정한 의미에서 사물을 분별하 고 있는 사람은 적다. 대개는 시시한 것에 마음을 빼앗겨 완고 하게 입을 닫아 버리거나, 반대로 자기가 알고 있는 것이나 생 각하고 있는 것을 모두 지껄여 적을 만들어 버린다.

## 자기 자신이 성장하기 위해서는 어떤 사람과 사귀어야 하는가? 자기의 아래를 보지 말고 높은 곳을 보라

친구에 관한 이야기는 이 정도로 해 두고 다음은 어떠한 사람과 교제할 것인가에 관한 이야기를 해 보자.

될 수 있는 대로 자기보다 우수한 사람들과 교제하도록 노력하라. 우수한 사람들과 교제하면 자기도 점차 그 사람들과 똑같이 우수하게 된다. 반대로 자기보다 수준이 낮은 사람과 교제하다 보면 자신도 그 수준의 사람이 되어 버리고 만다. 사람은 교제하는 상대방에 따라서 많이 변하는 법이다.

여기에서 '훌륭한 사람' 이라고 일컫는 것은 가문이 우수하다든가 지위가 높다든가 하는 사람을 뜻하는 게 아니다. 내면이 충실한 사람, 세상 사람들이 훌륭하다고 생각하는 사람을 말하는 것이다.

'훌륭한 사람' 에는 크게 두 종류가 있다. 사회의 주도적인 입장에 있는 사람, 또는 사교장에서 화려한 활동을 하는 사람 등, 다방면에 걸출한 사람들과 특수한 재능이나 특징이 있는 사람, 특정 분야의 학문이나 예술에 뛰어난 사람 등, 어느 한 분야에서 걸출한 사람들이다. 그렇다고 자기 혼자만 그렇게 생각하고 있어서는 안 된다. 다른 사람들이 모두 '훌륭하다' 고 인정하여 그렇게 부르고 있는 사람들이어야 한다.

거기에 몇 사람의 예외적인 인물이 있는 것은 상관없다. 아니, 오히려 그런 편이 바람직하다.

교제하기 적합한 그룹이란 단순한 뻔뻔스러움만 가지고 동료로 가입한 사람과 어떤 중요 인물의 소개로 억지로 들어간 사람 등, 여러 부류의 인간이 모여 있는 집단이라고 할 수 있다.

갖가지 성격을 가진 인간, 갖가지 도덕관을 가진 인간을 관찰하는 것은 즐겁고 유익하다. 게다가 대부분은 훌륭한 사람들이다. 눈살을 찌푸려야 할 만한 인물은 절대로 가입할 수가 없다.

그런 뜻에서 보면, 신분이 높은 사람들만으로 구성된 모임은 그 고장에서 훌륭하다고 인정을 받고 있지 않는 한 결코 바람직하다고는 말할 수 없다. 신분이 아무리 높아도 머리가 빈 사람, 상식적인 예법조차 모르는 사람, 아무짝에도 쓸모없는 사람이 있기 때문이다.

학식이 풍부한 사람만이 모인 그룹도 있다. 이런 그룹은 세상에서 정중한 대우를 받거나 존경을 받기가 수월할지 몰라도 교제하기에 적합한 그룹이라고는 말하기 어렵다. 앞에서도 자세히 말한 것처럼 그들은 마음 편하게 행동할 줄을 모른다. 어떻게 세상을 살아가야 하는지를 모른다. 학문밖에 모르는 것이다.

그러한 그룹에 속할 만한 재주가 여러분에게 있다면, 가끔 얼굴을 내미는 것은 대단히 좋은 일이다. 그 일로 자신의 평판이 조금이라도 올라갈 테니까….

그렇지만 그 그룹에 틀어박혀 있는 것은 좀 생각해 볼 문제이다. 이른바 세상 물정 모르는 학자의 동료라고 인정받아, 사회에서 활약할 때 족쇄가 되지는 않을까?


## ● 더이상 발을 들여놓지 않는다, 발을 들여놓지 못하게 한다는 식의 교제 방법도 중요하다

● ● ● ● ●

재주와 기운이 넘치는 인물이나 시인은 대부분의 젊은이들이 함께 있기를 바라고 열중하는 상대가 아닐까? 자기에게도 재기가 있으면 즐거워서 못 견딜 것이고, 재기가 없는 사람은 재기 있는 사람과 교제하고 있음을 자랑스럽게 느낄 것이다.

그렇지만 그러한 재기 넘치는 매력적인 인물과 교제할 경우에는 완전히 빠져 들어가서는 안 된다. 판단력을 잃지 말고 어느 정도의 선까지 현명하게 규정짓고 교제하는 것이 좋다.

재치라는 것은 남에게 그다지 기쁘게 받아들여지는 것이 아니다. 오히려 공포심을 일으키는 경우도 있다. 일반적으로 주위 사람들의 시선을 받게 되면 날카로운 재치를 무서워하는 법이다. 그것은 여성들이 총을 보고 무서워하는 것과 비슷하다. 언제 안전 장치가 풀어져서 총탄이 자기를 향해 날아올지 몰라 무서워하는 것과 마찬가지이다.

그렇지만 이러한 사람들과 알게 되고, 서로 친밀하게 교제하는 것은 그 나름대로 의미 있는 일이요, 즐거운 일이다. 다만 아무리 매력이 있다 하더라도 다른 사람과의 교제를 일체 중지하고, 그 사람하고만 교제하는 것은 좀 생각해 볼 문제이다.


## ● 다른 사람의 결점까지도 칭찬하는 사람은 경계하라

● ● ● ● ●

어떠한 일이 있어도 피해야 할 것은 수준이 낮은 사람과의 교제이다. 인격적으로 수준이 낮고 덕이 모자라며 두뇌의 정도와 사회적 지위가 낮은 사람, 자기 자신은 아무것도 내세울 만한 장점이 없고, 유명한 사람과 교제하고 있는 것을 자랑으로 삼고 있는 그러한 사람들이다. 그런 사람은 유명한 사람을 붙잡아 두기 위해 남의 결점까지도 칭찬할 것이다. 그런 사람과는 결코 교제를 갖지 않는 편이 바람직하다.

독자는 필자가 이처럼 당연한 일에까지 주의를 준다고 놀라고 있지는 않은지 궁금하다. 그렇지만 수준이 낮은 사람과 교제해서는 안 된다고 주의를 주는 일이 전혀 불필요하다고는 생각지 않는다. 분별도 있고 사회적 지위도 높은 분들이 그런 수준 낮은 사람과 교제하여 신용을 떨어뜨리고 타락해 가는 것을 필자는 수없이 보아 왔기 때문이다.

여기에서 가장 문제가 되는 것이 허영심이다. 허영심 때문에 사람들은 좋지 않은 일들을 수없이 야기시켰고, 어리석은 행동을 하기도 했다. 어느 모로 보나 자기보다 수준이 낮은 사람과 교제하는 이유는 허영심 때문이다.

사람은 자기가 속한 그룹에서 으뜸이 되기를 바라는 법이다. 동료로부터 칭찬과 존경을 받고, 마음대로 동료를 조종하고 싶다고 생각한다.

그런 시시한 찬사를 듣고 싶어서 수준이 낮은 사람들과 사귀는 것이다. 그 결과는 무엇일까? 그렇다, 얼마 안 가서 자기도 점점 수준이 낮아지게 되어 나중에 좀더 훌륭한 사람과 교제하려고 해도 그 뜻을 이루지 못하게 된다.

되풀이하건대, 사람은 교제하는 상대에 따라 수준이 올라가기도 하고 내려가기도 한다. 사람들은 그 사람이 교제하는 상대를 보고 그 사람을 평가한다.

## ● 강한 결의와 의지가 있어야 훌륭한 교제술을 익힐 수 있다

● ● ● ● ●

필자는 지금도 처음으로 사교장에 나가, 훌륭한 사람들에게 소개받았을 때의 일을 뚜렷이 기억하고 있다. 아직도 케임브리지 대학의 학생 티를 벗지 못했던 시절에, 나는 눈앞에 있는 어른들이 눈부시고 어렵기만 하여, 우뚝 선 채 몸도 제대로 가누지 못하고 있었다.

'우아하게 행동해야 한다!' 라고 스스로에게 타일러 보아도 절하는 모습이 남보다 머리가 약간 낮을 뿐, 부자연스럽고 딱딱하기 그지없었으며, 남이 말을 걸어 오거나 내가 말을 걸려고 해도, 손과 발뿐만 아니라 머리와 입 모두가 말을 듣지 않았다.

서로 귓속말로 뭔가 소곤거리고 있는 사람이 눈에 띄면 나에 관해서 이야기하고 있을 거라고 생각했으며, 그 자리에 있는 모든 사람이 나를 손가락질하고 바보 취급 하며 비판하고 있다고 생각하였다. 곰곰이 생각해 보면, 나 같은 풋내기 따위에게 신경을 쓸 사람이 있을 리가 없었는데 말이다.

나는 잠시 동안 마치 감옥살이하는 죄인과 같은 심정으로 그 장소에 있었다. 만일 눈앞에 있는 사람들과 교제하여 자신을 갈고 닦으려는 강한 의지가 없었다면, 나는 그 장소에서 맥없이 물러서고 말았을지도 모른다. 그러나 끝까지 버티며 그 자리에 머물러 있었다.

어떻게 해서든지 그 자리에서 융합되지 않으면 안 된다고 생각하였다.

그렇게 결심하니 마음이 조금 편안해졌다. 이젠 조금 전과 같이 보기 흉한 절은 하지 않게 되었다. 누가 말을 걸어 오더라도 우물거리거나 더듬거리지 않고 대답할 수 있었다.


## ● 좋은 계기는 자신이 스스로 만들어야 한다

● ● ● ● ●

필자가 사교장에서 난처한 표정으로 어찌할 바를 모르고 있는 것을 본 사람들이 이따금 내 곁에 와서 말을 걸어 주었다. 나는 천사가 나를 위로하거나 용기를 주기 위해 온 것이라고 생각했다.

그러자 점차 용기가 생겼다. 나는 아주 고상하게 보이는 부인에게로 가서 용기를 내어 "오늘은 좋은 날씨군요."라고 말을 걸었다. 이 부인은 아주 정중하게 "나도 그렇게 생각합니다."라고 대답해 주었다. 그리고는 대화가 끊어졌다. 나로서는 계속할 말을 찾아낼 수가 없었다. 그 때 그 부인이 다시 입을 열었다.

"당황할 필요는 없어요. 지금 저에게 말을 거는 데도 무척 용기가 필요했던 것같이 보이는데요…… 그렇다고 해서 여기에 계시는 분들과의 교제를 단념하겠다고 생각하면 안 됩니다. 다른 분들도 다 알고 계십니다, 당신이 허물없이 사람을 사귀겠다고 마음먹고 있다는 것을. 그 마음이 중요합니다. 그 다음은 그 방법을 하나하나 몸에 익히는 거죠. 당신은 자신이 생각하고 있는 것처럼 사교에 서투른 분이 아닙니다. 경험을 쌓으면 곧 훌륭하게 되실 수 있습니다. 제 곁에서 경험을 얻고 싶으시면 나의 애제자로 삼아 친구들에게 소개해 드리고 싶습니다."

이 말을 듣고 내가 얼마나 기뻐했는지 상상할 수 있을까? 그리고 또 내가 얼마나 어색하게 대답했는가도 말이다. 나는 두세 번 헛기침을 했다. 그렇게 하지 않으면 목에 무엇인가가 늘어붙어 있는 것 같아서 목소리를 낼 수가 없었다. 나는 가까스로 입을 열었다.

"말씀 감사합니다. 제가 제 행동에 자신을 가질 수 없는 데는 이유가 있습니다. 그것은 훌륭한 분들과 교제하는 데 익숙해 있지 않아서입니다. 그런데 저의 선생님이 되어 주신다니 기꺼이 받아들이겠습니다."

나의 더듬거리는 말이 끝날까 말까 하는 동안에 그 부인은 서너 명을 불러 모아서 프랑스어로 이렇게 말했다. 그 당시 나는 프랑스에 머무르고 있었다.

"여러분, 내가 이 젊은 분의 교육 담당을 맡았습니다. 그것을 이분은 매우 기뻐하고 계십니다. 이분은 틀림없이 내가 마음에 들었던 모양입니다.

그렇지 않으면 나에게로 와서, 몸을 떨면서까지 용기를 내어, '오늘은 날씨가 좋군요.' 라고 말을 걸어 주시지 않았을 거예요. 여러분들도 도와 주세요. 모두 함께 협력해서 이 젊은 분을 갈고 닦아 사교에 익숙해지도록 합시다. 이분에게는 본보기가 필요합니다. 만일 내가 적절한 본보기가 못 된다고 생각하시면 다른 분을 찾으시겠지요. 그렇다고 해서 오페라 가수나 여배우를 본보기로 삼으면 안 됩니다. 그런 분들과 함께 있으면 세련되기는 고사하고, 명예와 재산을 모두 잃고 건강마저 해치며, 사고 방식은 거칠어져 영락하게 될 뿐입니다."

뜻하지 않은 강의를 듣고 그 장소에 있던 서너 명은 웃었다. 필자는 무뚝뚝한 표정을 짓고 그대로 서 있었다. 그 부인이 진심으로 말하고 있는 것인지, 그렇지 않으면 나를 놀리고 있는지 알 수가 없었다. 나는 기쁘기도 하고 한편 부끄러운 생각이 들기도 하였다. 그리고 용기를 얻기도 하고, 실망하기도 하면서 듣고 있었다.

나중에 알게 된 일이지만 그 부인과 부인이 소개해 준 사람들은 모두 나를 정말로 잘 감싸 주었다. 나는 차츰 자신이 붙기 시작했다. 우아하게 행동하는 것이 이제는 부끄럽지 않게 되었다. 훌륭한 본보기를 발견하면 열심히 그것을 흉내내었다. 자꾸 반복하다 보면 곧 자유로운 기분으로 흉내낼 수 있게 되었고, 그것을 모방한 후에 나 나름대로의 방법을 가미할 수 있게 되었다.

## ● 사람을 있는 그대로 평가하는 안목을 길러라

● ● ● ● ● ●

젊은이들은 사람에 대해서나 사물에 대해서나 보는 것 듣는 것 모두를 과대 평가하는 경향이 있다. 왜냐하면 잘 모르기 때문이다. 진실을 알게 되면 평가는 점점 내려갈 것이다.

사람은 필자가 생각하는 것처럼 그렇게 지적이고 이상적인 동물이 아니다. 인간이란 감정의 지배를 받고 간단히 무너져 버리는 나약함을 가지고 있다.

일반적으로 유능하다는 평판을 받는 사람들도 절대적으로 완벽하거나 유능하지 않다는 사실을 여러분은 알고 있을 것이다. 그런데도 역시 '유능하다' 고 평가되는 것은 다른 사람들과 비교해서 약간 그런 요소가 많다는 것에 불과하다. 일반 사람들보다 결점이 조금 적다는 이유만으로 '유능하다' 고 불려지고 상위(上位)에 서 있는 셈이다.

그들은 먼저 자기 자신을 억제하고 결점을 줄임으로써, 나머지 대다수의 사람들을 잘 다루고 있다. 그 때 이성에 호소하여 인간을 다루는 바보짓은 하지 않는다. 감정과 감각 등 인간의 나약한 부분을 교묘하게 이용한다. 그러므로 실패하는 일이 거의 없다.

그렇지만 찬찬히 멀리서 보면 위대하다, 완벽하다고 칭송되는 사람들에게도 결점이 있음을 손쉽게 알 수 있다.

저 위대한 브루투스도 그렇다. 마케도니아에서는 도둑놈 같은 짓을 하지 않았던가! 프랑스의 추기경 리슐리외도 그렇다. 자신의 글재주를 높이 평가받기 위하여 보기에도 좋지 않은 흉내를 내지 않았던가! 말버러 공작도 그렇다. 인색한 면을 보여 주지 않았던가!

여러분 자신의 눈으로 인간이란 어떠한 것인가를 알 수 있게 될 때까지는 로슈푸코 공작의 《격언집(Maxims)》을 읽으면 좋다. 그 책만큼 인간에 관하여 많은 것을 일깨워 주는 책은 없다. 《격언집》을 매일 조금씩이라도 읽기 바란다. 이 책만큼 인간의 심성을 파악한 책은 없다고 생각한다.

이 책을 읽으면 여러분도 인간을 필요 이상으로 과대평가하는 오류를 범하지 않게 될 것이다. 그렇다고 해서 로슈푸코 공작의 《격언집》이 인간을 부당하게 깎아내리는 책은 아니다. 그것은 필자가 보증한다.


## ● 젊은이다운 밝음과 쾌활함을 잘 살려라

● ● ● ● ●

젊은이들은 언제나 힘이 넘쳐 흐른다. 선로를 놓아 주지 않으면 어디로 갈지 알 수 없으며, 자칫하면 넘어져 목뼈가 부러질 염려가 있다.

그렇지만 이 무모한 젊음도 항상 비난만 받는 것은 아니다. 거기에 신중함이 더해지면 사람들로부터 환영을 받을 수도 있다. 그러므로 젊은이들은 특유의 들뜬 마음은 젖혀 두고, 젊은이다운 쾌활함과 밝은 마음을 가지고 사람들 속으로 당당히 들어가라.

젊은이의 변덕은 고의적인 것이 아니더라도 상대방을 화나게 하는 수가 있지만, 발랄하고 기운찬 모습은 대개 사람의 마음을 사로잡는다. 할 수만 있다면 만나야 할 사람들의 성격이나 그가 처해 있는 상황을 미리 조사해 두는 것이 좋다. 그렇게 해 두면, 무계획적으로 이것저것 지레 짐작하여 말을 하지 않아도 된다.

앞으로 여러분이 알게 될 사람들 중에는 마음씨가 좋은 사람뿐만 아니라 마음씨가 나쁜 사람도 있을 것이다. 비판하기 좋아하는 사람이 많으나 그보다도 비판을 받아 마땅한 사람도 있다. 그러한 사람들에 대해서는 그 자리에 있는 거의 모든 사람에게 해당되는 장점을 칭찬해 주거나 단점을 옹호해 주면 좋다. 그렇게 하면 그것이 아무리 일반론이라 하더라도 자기 자신을 두고 한 말이라고 생각하여 기뻐할 것임에 틀림없다.

## ●비참한 실패와 좌절감이야말로 최고의 스승이다

●●●●●●

사람은 특히 자기보다 뛰어난 사람들 속에 끼여 있으면 언제나 남들이 자기만을 보고 있다는 생각에 빠져들며, 남들이 작은 목소리로 소곤거리면 자신의 이야기를 하고 있는 것처럼 느껴지고, 웃고 있으면 자기를 보고 비웃는 것이라고 생각하기 쉽다. 또 무엇인가 명백히 뜻을 알 수 없는 말을 들었을 경우, 그 말을 억지로 자신에게 적용시키고, 그러면 그럴듯한 말같이 들려, 틀림없이 자기를 두고 한 말이라고 생각해 버린다.

스크라브가 《계략(Stratagem)》이란 책에서 비유하고 있는 바와 같이 '저렇게 큰 목소리로 웃고 있잖아? 틀림없이 나를 보고 웃고 있는 것이 틀림없어….' 라고 생각해 버리는 것이다.

아무튼 뛰어난 사람들 속에 섞여서 실패를 거듭하고 좌절감을 맛보는 동안에 차츰 젊은이들도 세련된 태도를 익히게 될 것이다.

남성이든 여성이든 상관없이 여러분이 가장 친하게 지내고 있는 사람 5~6명에게 '저는 젊음과 경험 부족에서 퍽이나 무례한 짓을 저지르고 있다고 생각합니다. 그것을 발견했을 때는 사양 마시고 지적해 주십시오,' 하고 부탁해 두면 좋다.

그리고 지적을 받으면 우정의 증거라고 생각하여 '감사합니다' 라고 덧붙이는 것도 잊지 않아야 한다.

이처럼 마음 속을 숨김없이 이야기하여 상대방의 도움을 청하고, 지적을 해 준 사람에게 감사의 뜻을 전한다. 그러면 다른 사람들이 여러분에게 힘이 되어 줄 것이다. 그렇게 하면 많은 사람들이 친절한 마음으로 자신의 무례한 행위나 부적절한 언동을 충고하게 된다. 그리하여 차츰 마음이 자유롭게 되고, 이야기하는 상대, 함께 있는 상대 여하에 따라서 카멜레온처럼 변화무쌍하게 행동할 수 있게 될 것이다.

## ● 허영심을 향상심向上心으로 승화시킨다

● ● ● ● ●

허영심—좀더 부드럽게 말하자면 남으로부터 찬사를 받고 싶어하는 마음—은 어느 시대, 수많은 인간이 모두 갖고 있는 마음이다. 이 허영심이 커지면 어리석은 언동이나 범죄로 이어질 수 있다. 그렇지만 남으로부터 칭찬을 받고 싶어하는 마음은 대체로 향상심과 연결되는 것이 아닌가 하고 필자는 생각한다.

물론 그러기 위해서는 그에 상응하는 사려 깊음과 이상에 대한 추진력이 있어야 하지만, 결과적으로 본다면 허영심이란 소중하게 기르면 결코 해롭지 않은 심리이다. 남으로부터 인정을 받고 칭찬을 받고 싶다는 마음이 없다면 우리는 무슨 일에나 무관심하게 되고 아무것도 할 마음이 생기지 않는다.

그리고 실제로 아무것도 하지 않게 된다. 그렇게 되면 자신이 가지고 있는 힘을 발휘하지 못할 것은 자명한 일이다. 그리하여 자기의 실제적인 능력보다 낮게 보이더라도 만족할 수밖에 없다. 그러나 허영심이 강한 사람은 다르다. 그들은 실력 이상으로 보이려고 힘껏 노력한다.

필자는 지금까지 여러분에게 무엇 하나 숨기지 않고 이야기해 왔고, 앞으로도 나의 결점이라고 해서 숨길 생각은 없으므로 솔직히 말하겠는데, 사실은 필자도 허영심을 많이 가지고 있었다. 그러나 나는 이것을 유감스럽게 생각한 적은 없다. 오히려 허영심이 있어서 좋았다고 생각한다. 만약, 지금 내가 사람들에게 칭찬받는 어떤 장점을 갖고 있다면 그것은 남으로부터 찬사를 받고 싶다는 욕심 덕택, 즉 허영심의 덕택이라고 생각한다.

## ● 언제나 최고가 되려는 마음이 능력을 만든다

● ● ● ● ●

내가 사회에 진출할 때 나의 출세욕은 대단했다. 어떠한 일이 있더라도 사람들로부터 인정을 받고 찬사를 받고 선망(羨望)을 얻어야 한다는 아주 뜨거운 욕망을 가슴에 품고 사회에 첫 발을 내디뎠다. 그 때문에 비록 어리석은 행동에 빠지는 경우가 있었다 하더라도 그 이상으로 현명한 행동도 많이 했다고 믿는다.

이를테면 남성들만이 모여 있을 때, '나는 누구보다도 훌륭했으며, 적어도 거기에서 가장 빛나고 있는 사람과 똑같을 정도로 훌륭했으면…!' 하고 마음먹었던 것이다. 그 생각이 나의 잠재 능력을 끌어내어 최고는 되지 못하더라도 둘째 셋째는 될 수 있게 만들었다.

얼마 안 가서 나는 모든 사람들이 주목할 만한 대상, 즉 중심적인 존재가 되었다. 일단 그렇게 되면, 모든 일이 쉬워지고 내가 하는 행동이 무엇이든 옳다고 사람들은 여겼다. 나의 경우도 그러했다. 나의 말버릇과 몸짓이 유행이 되어 모두가 일제히 나의 언동을 따라 행동했다. 그리고 그것을 보는 일은 즐거웠다. 나는 남녀를 불문하고 어떠한 모임이든 반드시 초청되었고, 그 장소의 분위기를 어느 정도 좌우하게 되었다.

그런 일로 해서, 유서 깊은 가문의 여인들과의 사이에 앞뒤가 맞지 않는 거짓 소문이 퍼지기도 했다. 그리고 그 진위조차 알 수 없는 뜬소문이 필자를 곤란에 빠지게 한 적도 몇 번인가 있었음을 고백한다.

남성을 대할 때의 나는 상대를 만족시키기 위하여 프로테우스처럼 변신하였다. 밝고 쾌활한 사람들 사이에서는 누구보다도 밝고 쾌활하게 처신하였고, 위엄 있는 사람들 사이에서는 누구보다도 위엄 있게 행동하였다.

나는 사람들이 조금이라도 호의를 베풀어 주거나, 친구로서 무엇인가를 도와 주었을 때 결코 그것을 그냥 지나치는 일이 없었다. 작은 일에까지 마음을 쓰고 감사를 잊지 않았다.

그렇게 함으로써 상대방은 만족해했고, 또 나로서도 그들과 친하게 되는 좋은 계기가 되었다. 이렇게 해서 나는 순식간에 그 고장의 명사를 비롯하여 여러 종류, 여러 계층 사람들과 가까워지게 되었다.

허영심을 어떤 철학자는 '인간이 가진 야비한 마음' 이라 부른다. 그러나 필자는 그렇게 생각하지 않는다. 허영심이 있었기에 현재의 '나' 라고 하는 인격이 형성된 것이다. 그리고 젊었을 때의 필자와 똑같은 그런 허영심이 여러분에게도 있으면 좋겠다고 생각한다. 허영심만큼 인간을 진보시키는 것은 없다.

## ● 최후까지 체념하지 않으면 어떻게든 넓은 길이 열린다

● ● ● ● ●

사회에서는 재능이 있어야 한다는 것이 첫째 조건이지만, 거기에 더하여 자기 생각을 확고히 정립하고, 그것을 남 앞에서 불필요하게 드러내지 않으며 투철한 의지와 불굴의 끈기가 있으면 무서울 것이 없다. 일부러 불가능에 도전할 필요는 없지만, 가능한 일일 경우 갖가지 수단과 방법으로 도전하면 어떻게든 길이 열린다. 한 가지 방법으로 안 되면 새로운 방법으로 시도하여 가능하도록 만들어야 한다.

역사를 조금 거슬러 올라가 보면, 강력한 의지와 노력을 경주하여 마음먹은 대로 일을 성사시킨 사람이 상당히 많음을 알 수 있다. 예를 들어 마자랭(프랑스의 정치가)과 여러 번 교섭한 끝에 피레네 조약을 체결한 재상 돈 루이 드 알로가 그렇다.

그는 타고난 냉정함과 끈기로 교섭을 유리하게 이끌어, 중요한 몇 가지 점에서 단 한 발도 양보하지 않은 채 합의에 도달하게끔  만든 것이다.

마자랭은 흔히 이탈리아인이 그렇듯이 쾌활함과 성급함이 몸에 밴 인물이었다. 한편 돈 루이는 스페인 특유의 냉정함과 침착성 · 인내력을 겸비한 인물이었다.

교섭의 테이블에 앉은 마자랭의 최대 관심사는 파리에 있는 숙적 콩데 공(公)이 다시 쿠데타를 일으키지 못하도록 저지하는 일이었다. 그래서 조약 체결을 서둘러 매듭짓고 빨리 파리로 돌아가고 싶었다. 파리를 비워 두고 있으면 무슨 일이 일어날지 몰라 초조했기 때문이다.

돈 루이는 이것을 눈치채고 교섭을 할 때마다 콩데 공의 이야기를 꺼내는 것을 잊지 않았다. 그래서 마자랭은 한때 교섭 테이블에 앉는 일조차 거부할 정도였다.

결국, 시종 변함없는 냉정함으로 밀고 나간 돈 루이가 마자랭이나 프랑스 왕조의 의향과 이익에 반하여 조약을 유리하게 체결하는 데 성공하였다.

　중요한 것은 불가능과 가능을 분별하는 능력이다. 어렵기는 해도 분명 그것이 가능한 일이라면 정신력과 끈기만으로 어떻게든 일을 성사시킬 수 있다. 물론 그에 앞서 세심한 주의력과 집중력이 필요함은 두말할 필요도 없다.

# 7

# 남에게 신뢰를 받게 되는
# 인간 관계의 비결

자식은 자신의 소유인 동시에 자신의 소유가 아니다.
그러나 이미 서로 독립되어 있으므로 또한 인류 중의 한
인간이기도 하다. 자식은 자신의 것이므로 더 한층 교육
의 의무를 다하여 그들에게 자립할 수 있는 능력을 주어
야 한다. 또한 자기의 것이 아니기 때문에, 모든 것을 그
들 자신의 것이 되게 하여 하나의 독립된 인간으로 만들
지 않으면 안 된다.

—노신(魯迅;1881~1936, 중국의 작가)

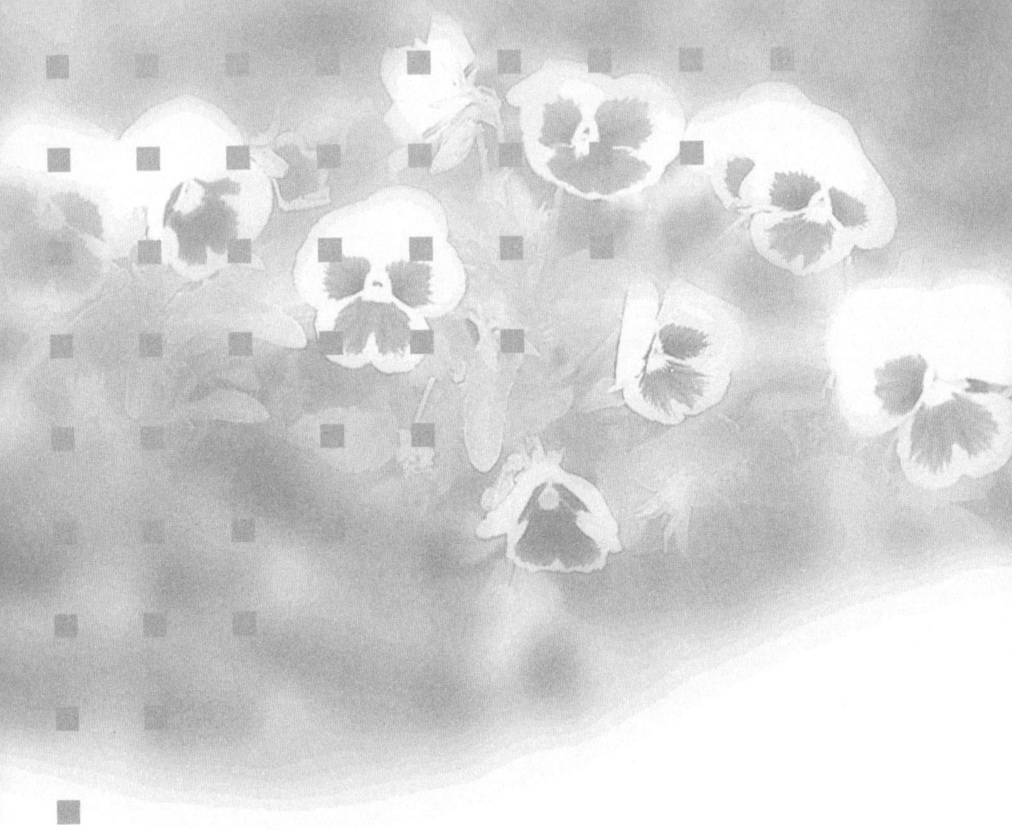

● **내가 배려를 해 주고 친절하게 대하면 대할수록 상대방도
기쁜 마음으로 점점 나를 신뢰하게 된다**

● ● ● ● ●

앞에서 어떠한 사람들과 교제해야 하는가를 이야기했으니,
이번에는 사람들과의 교제에 있어서 어떤 행동을 해야 되는가
에 관해서 이야기하겠다. 필자의 오랜 관찰과 경험을 근거로 여
러분에게 충고를 하겠다. 우선 말하고 싶은 것은 아무리 훌륭한
사람과 친분을 맺는다 해도, 상대방을 기쁘게 해 주려는 마음이
자신에게 없으면 아무런 소용이 없다는 것이다.

'만일 남이 나에게 마음을 써 준 것이 고맙고 기쁘다면 나도 남에게 마음을 써 주어라. 내가 마음을 써 주고 친절하게 대하면 대할수록 상대방도 기뻐하는 법이다.'

이것이 사람과 교제하는 첫번째 원칙이다. 대부분의 사람은 애인이나 존경하는 인물에 대해서 자발적으로 그를 염려하고, 기쁘게 해 주고 싶다는 마음이 솟아오르는 법이다. 이 마음이 없으면 실제로 남을 기쁘게 해 줄 수 없다.

교제의 출발점은 상대방을 생각하는 어진 마음이다. 그러한 마음 상태에 놓이면 어떠한 언행을 취해야 하는가를 저절로 알게 된다.

상대방을 기쁘게 해 주려는 마음은 누구나 가지고 있다. 그렇지만 사람과 교제하는 가운데 실제로 사람을 기쁘게 해 주는 방법을 알고 있는 사람은 적다. 여러분은 꼭 이것을 알아 두기 바란다. 그렇다고 해서 무슨 특별한 규정이 있는 것은 아니다.

한 가지 내가 확실히 말할 수 있는 것은, 남이 나에게 해 주어서 기쁜 행동을 나도 남에게 해 주는 것이다. 잘 생각해 보면 무슨 뜻인지 알 수 있다. 남이 나에게 무슨 일을 해 주었을 때 내가 기뻤는가를 회상하는 것이다.

어떤 일인지를 깨달았다면 여러분도 똑같은 일을 하면 된다. 상대방도 틀림없이 여러분이 기뻐했던 것처럼 기뻐할 것이다.

그럼 실제로 사람을 기쁘게 해 주는 좋은 교제를 하기 위해서는 어떤 일에 주의하면 좋을까?


## ● 대화를 독점하지 않는다

● ● ● ● ●

첫째, 사람들에게 말을 하는 것을 좋지만 혼자서 계속 지껄여 대는 행동은 좋지 않다. 그러나 오랜 시간 혼자서 떠들어야만 될 때가 있다. 그럴 경우에는 적어도 듣고 있는 사람이 지루하지 않도록, 또 상대가 즐겁게 들을 수 있도록 신경을 써야 한다.

그렇지만 그것도 피치 못할 경우에 해당한다. 본래 대화라고 하는 것은 혼자 독점하는 것이 아니다. 자기 혼자서 다른 사람의 몫까지 차지해서는 안 된다. 특히 제각기 자기의 몫을 차지할 능력이 있을 경우에 자기는 자신 몫만 차지하면 된다.

혼자서 계속 지껄이는 사람이 있는데, 그런 사람은 대개 딱하게도 그 장소에 있는 누군가 딴 사람—그것도 대개는 가장 말수가 적은 사람이나 우연히 옆자리에 앉은 사람을 붙잡고서 약간 작은 목소리로 소곤거리며 끝없이 말을 이어 간다. 이것은 매우 예절에 어긋나는 행위라고 생각한다. 그것은 공명정대한 태도라고 말할 수 없기 때문이다. 대화란 여러 사람이 함께 만들어 내는 공공의 것이다.

그렇지만 만약 반대로 자신이 그러한 몰지각한 사람에게 붙잡혔을 때, 여러분은 그것을 참는 편이 나을 것이다. 적어도 겉으로는 그 사람에게 주의를 기울이고 있는 듯한 표정으로 가만히 참아야 한다. 보기좋게 거절해서는 안 된다.

그 사람에게 있어서 여러분이 귀를 기울여 주는 것보다 기쁜 일은 없을 테니까. 이야기를 듣는 도중에 등을 돌리거나 아주 난처한 표정을 짓는 것만큼 모욕적인 것은 없다.


## ● 상대에 따라서 화제를 바꾼다

● ● ● ● ●

이야기 내용은 가능하면 모두 좋아할 수 있고 유익한 것을 고르면 좋다. 역사 · 문학 이야기, 여행 이야기 등은 날씨나 옷 · 세간의 소문보다 훨씬 유익하고 즐거울 것이다.

가볍고 익살스러운 이야기가 필요할 경우도 있다. 내용은 쓸모없지만 많은 사람들이 모였을 때는 공통의 화제로 삼기에 가장 적당하다. 게다가 무엇인가를 교섭하는 장소에서 자칫 험악한 분위기가 될 듯할 때, 유머를 하게 되면 무거운 분위기를 단번에 씻어 준다. 그럴 때 잠깐 익살스런 화제를 꺼낸다는 것은 조금도 부끄러운 일이 아니다. 슬쩍 음식에 관한 이야기를 하거나 술의 향기나 제조 방법으로 화제를 돌린다.

이는 아주 세련된 대화 방법을 아는 사람이다.

상대에 따라서 화제를 바꾸라는 말은 새삼스럽게 여러분에게 할 필요가 없을 것이다. 가르쳐 주지 않았다고 해서 언제나 똑같은 태도를 취하거나 똑같은 화제를 꺼낼 정도로 여러분은 바보가 아니기 때문이다. 정치가에게는 정치가에게 적합한, 철학자에게는 철학자에게 적합한 화제가 있다. 물론 여성에게는 여성에게 적합한 화제가 있다.

인생 경험이 풍부한 사람이라면 충분히 알고 있다. 환경에 따라 빛깔이 변하는 카멜레온처럼 자유자재로 화제를 선택하라. 이것은 영악한 태도도 아니고 야비한 태도도 아니다. 이것은 단지 인간 교제에 빼놓을 수 없는 윤활유와 같은 역할을 해 준다.

자기 자신이 일부러 말하지 않아도 그 사람에게 장점이 있으면 그 장점은 저절로 대화하는 가운데 스며 나오게 되어 있다. 만일 자기에게 자신 있는 화제가 없다면 어떤 화제를 택할까 고민하기보다 남의 터무니없는 이야기에 맞장구를 치는 게 낫다.

될 수 있는 대로 의견이 대립되는 화제는 피하는 것이 좋다. 만일 그런 화제를 택했을 경우 서로 의견이 달라 험악한 분위기가 될 수도 있다. 의견이 대립되어 토론이 뜨거워지게 될 것 같으면 적당히 얼버무리든가 기지를 살려서 그 화제에 종지부를 찍는 편이 좋다.

## ● 자기의 이야기만 하지 말아라

● ● ● ● ●

어떠한 일이 있어도 자기 자신의 이야기만을 떠벌이는 행동은 피해야 한다. 아무리 훌륭한 사람이라도 자신의 이야기를 할 때는 허영심이나 자존심이 가면을 쓰고 나와 머리를 드는 법이고 이는 다른 사람들에게 불쾌감을 준다.

자기 자신의 이야기에도 여러 가지가 있다. 화제의 흐름과는 무관한 자신의 이야기를 대화 도중 갑자기 아무런 거리낌없이 꺼내고, 결국에는 자기 자랑으로 끝나 버리는 사람이 있는데, 이것은 예의에 벗어나는 무례한 행동이다.

보다 교묘하게 자기의 이야기를 끌어내는 사람도 있다. 예컨대 마치 자기가 이유없는 비난을 받고 있는 것처럼 행동하며, 그런 비난은 부당하다(본인이 그렇게 생각하고 있을 뿐이지만)고 말하며, 결국에는 자기의 장점을 열거하면서 자기를 정당화하고 결국은 자기 자랑을 하는 것이다. 그들은 말한다. "이런 말을 하는 것은 정말 우습죠. 나도 말하고 싶지 않아요. 그렇지만 너무해요. 내가 하지도 않은 일로 이렇게 심한 비난을 받지만 않았어도 이런 말은 하지 않았을 거예요."

확실히 정의라는 것은 누구에게나 있다. 그러므로 비난을 받으면 혐의를 벗기 위하여, 보통 때는 입에 잘 담지 않는 말을 해도 좋다고 우긴다면 그것도 일리가 있다.

그러나 이것은 얼마나 얄팍한 생각인가! 자기의 허영심을 위해서라면 염치없이 그 옷을 벗어 던져도 좋다니! 그러한 무례한 행위가 또 어디 있겠는가. 속셈이 뻔히 보이지 않는가!

똑같은 자기 이야기를 하더라도 좀더 음험하게 자기를 비하시키는 방법을 사용하는 사람도 있다. 이것은 더 어리석은 수작이다. 그런 사람은 먼저 자기는 약한 인간이라고 고백한다. 그러고 나서 자기의 불행을 슬퍼하고 그리스도교의 일곱 가지 덕에 맹세를 한다. 물론 그렇게 하면서도 다소의 부끄러움이나 망설임을 느끼는 듯하다.

이런 사람들은 알지 못하고 있다. 그런 식으로 불행을 슬퍼한다 해도 주위 사람들은 동정하지도 않고 힘이 되어 주지도 않으며, 단지 난처하고 당황한 표정을 지을 뿐이라는 것을. 본인이 매우 적절히 인정하여 떠벌리는 것처럼 그들에게는 힘이 부족하다. 따라서 어떻게 해 줄 수가 없다. 주위 사람들은 난처해질 수밖에 없다.

그런데 거기까지 생각이 미치지 않는 그들은 바보 같은 짓임을 알면서도 푸념을 할 수밖에 없는 것이다. 그들도 분명히 알고 있다. 자기처럼 결점 투성이의 인간은 성공은커녕 사회에서 순탄하게 살아가는 것조차 어렵다는 것을.

하지만 그렇다고 해서 그 버릇을 쉽게 고치지는 못한다. 그래서 최후의 발버둥을 치거나 최후의 저항을 하는 것이다.

‘그런 일이 있을 수 있는가?’ 라고 생각할지 모르지만 이것은 참말이다. 여러분도 도처에서 이런 사람을 만나는 경우가 생길 테니 주의해서 살펴보기 바란다.


## ● 자기 자랑으로 평가받는 사람은 없다

● ● ● ● ●

그러나 이처럼 허영심이나 자존심을 겉으로 뚜렷이 드러내지 않는 것은 그래도 좀 나은 편이고, 심한 경우에는 정말로 시시한 것까지 증거로 내세워서 노골적으로 자기 자랑을 하는 사람도 있다.

칭찬받고자 하는 일념으로 자기 자랑을 하는 사람을 여러분도 본 일이 있을 것이다. 그런데 그들의 이야기가 만일 정말이라 하더라도 그것으로 인해 실제로 칭찬받는 일은 거의 없다.

이를테면 자기와 별로 관계가 없는 일—즉 자기는 저 유명한 대인물 아무개의 자손이라든가, 친척이라든가, 지인(知人)이라고 하는 것 등—을 자랑스럽게 이야기하는 사람이 있다. 그런 사람은 대개 ‘우리 할아버지는 아무개입니다. 백부는 아무개이며, 친구는 누구누구입니다.’ 라며 그칠 줄 모르고 계속 지껄여 댄다. 아마 제대로 만난 적도 없는 사람들일 것이다.

그런데, 그것이 정말이라고 해도 그것이 어쨌다는 말인가?

할아버지가 아무개고 백부가 아무개라고 해서 그 사람이 훌륭한가? 그렇지는 않다.

종류를 달리 하여, 어떤 사람은 혼자서 술을 5~6병 비웠다고 자랑스러운 듯이 말하는 경우도 있다.

그 사람을 위해서 감히 말하건대 그것은 거짓말이다. 그렇지 않다면 그 사람은 괴물이다.

이처럼 예를 들자면 끝이 없을 만큼 인간은 허영심 때문에 바보스런 말을 하거나 이야기를 과장한다. 그리고 그 때문에 본래의 목적을 달성하지 못하고 도리어 자기에 대한 평가를 깎아내리고 있다.

본질과 전혀 관계가 없는 말을 꺼내어 자기 자랑을 하는 행동은 내용이 없음을 스스로 폭로하는 것이나 다름없다.

## ● 침묵하고 있어도 장점은 빛난다

●●●●●

이러한 어리석은 행위를 하지 않는 유일한 방법은 자기 이야기를 하지 않는 일이다. 자기의 경력 등 자신의 이야기를 하지 않으면 안 될 상황이라도, 자기 자랑을 한다고 오해받을 만한 말은 직접적인 것이든 간접적인 것이든 일체 삼가는 것이 좋다.

인격이라는 것은 선악에 관계없이 언젠가는 알려지는 법이다. 일부러 그것을 말할 필요는 없다. 더구나 본인이 자기 입으로 말하면 아무도 그것을 믿지 않을 것이다. 잘못이라도 그것을 본인이 직접 말하면, 그 결점을 감출 수 있다든가 장점이 더 빛날 것이라는 생각은 하지 말라. 그런 행동을 하면 결점은 한층 두드러지게 나타나고 장점은 희미해져 버린다.

스스로 아무 말도 하지 않고 침묵하고 있으면 도리어 상대는 장점이 있다고 생각하는 법이다. 적어도 점잖다는 인정을 받게 된다. 더구나 침묵하고 있으면 불필요한 질투나 비방 또는 비웃음을 받는 일이 없다. 게다가 정당한 평가가 방해받는 일은 없을 것이다.

그리고 아무리 교묘하게 변장하고 있다 하더라도, 자기 스스로 그것을 말해 버리면 주위 사람의 반감을 사서 생각지 않은 결과를 가져올 수 있다. 그런 일을 방지하기 위해서는 자기 이야기를 하지 않는 것이 최선의 방법이다.

## ● 자기에게 무게를 두는 것도 중요하다

● ● ● ● ●

무엇을 생각하고 있는지 알 수 없는 사람이나 성격이 아주 어두워 보이는 사람이 있는데, 그것도 칭찬받을 일은 못 된다. 첫째, 인상이 좋지 않아 괜한 오해를 받게 된다. 그리고 무엇을 생각하고 있는지 알 수 없는 사람에게는 아무도 자신의 속마음을 이야기하지 않을 것이다.

능력 있는 사람의 내면은 신중하더라도 그것을 겉으로 나타내지 않아서, 외면적으로는 누구와도 손쉽게 융화되어 싹싹하고 영리한 것처럼 행동하는 법이다. 자기 본심은 굳게 지키지만, 언뜻 보기에 개방적으로 보이게 함으로써 상대방의 방어를 풀어 버린다.

왜 자신을 지켜야 할 필요가 있는가 하면, 부주의하게 아무 말이나 지껄여 버리면 대개는 그 말이 어딘가에 인용되어 자기들 편리한 대로 이용되기 때문이다. 그러므로 싹싹하게 행동하는 것과 마찬가지로 매사에 신중함도 잃지 말아야 한다.

## ● 상대의 말은 귀가 아닌 눈으로 듣는다

● ● ● ● ● ●

말을 할 때는 언제나 상대방의 눈을 보아야 한다. 말을 할 때 다른 곳을 쳐다보면 무언가 양심의 가책을 받는 일이 있는 것이 아닌가라는 의심을 받는다. 말하고 있는 상대방의 눈을 쳐다보지 않는 것만큼 실례가 되고 용서하기 어려운 일도 없다.

천장을 쳐다보거나 창문 밖을 내다보거나 재떨이를 만지작거리거나 한다면… 그러한 행동들은, 지금 자기에게 말하고 있는 사람보다 다른 일이 더 중요하다고 공언하는 것과 마찬가지이다.

그런 행동을 하면, 다소나마 자존심이 있는 사람은 화를 내고 증오심에 얼굴을 찌푸릴 것이다. 여러 차례 말했듯이 이러한 취급을 받고 자존심이 상하지 않는 사람은 없다.

상대방의 눈을 쳐다보지 않고 말하는 것은 인상을 나쁘게 할 뿐만 아니라 자기의 말이 상대방에게 어떻게 받아들여지고 있는가를 관찰할 기회를 스스로 포기하는 것과 같다.

상대방의 마음 속을 읽으려면 귀보다는 눈에 의지하는 편이 낫다고 필자는 생각한다. 생각하고 있지 않은 것을 입으로 말하기는 쉽지만 눈에 나타내기는 극히 어려운 일이라고 생각하기 때문이다.

## ● 남을 중상하지 않는다

●●●●●

다음에 당부하고 싶은 점은 남의 소문에 귀를 귀울이거나 그것을 퍼뜨리거나 하지 말라는 것이다. 당장은 즐거울지 모른다. 그러나 냉정하게 생각해 보면 알게 될 것이다. 중상하면 결국에는 중상을 한 사람이 비난을 받을 뿐이다.


## ● 웃음에도 품위라는 것이 있다. 큰 소리로 웃는 행동은 좋지 않다

●●●●●

큰 소리로 웃는 행동은 좋지 않다. 시시한 것 외에는 기쁨을 발견하지 못하는 자가 하는 어리석은 짓이다. 정말로 분별 있는 사람은 결코 남을 바보같이 웃게 하거나 자기 역시 바보같이 웃지 않는다. 웃더라도 소리를 내지 않고 미소를 지을 뿐이다.

여러분도 결코 큰 소리로 웃는 행동은 하지 말도록. 무슨 일이 있을 때마다 껄껄대고 웃는 것은 바보임을 증명하는 것과 같다. 이를테면 누군가가 의자에 걸터앉으려고 한다. 그런데 의자가 없다. 엉덩방아를 찧는다. 그래서 일제히 '와하하!' 하고 웃는다─이 얼마나 저속한 웃음인가? 그런데 사람들은 그것이 즐겁다고 한다. 이것 또한 수준 낮고 속좁은 즐거움이 아닌가?

못된 장난이나 시시한 우발적 사건을 보고 큰 소리로 웃는 것 말고, 좀더 마음도 풍요롭고 표정도 밝은 웃음을 찾아야 한다. 그렇게 큰 소리로 웃는다면 귀에 거슬리고 보기 흉하다.

바보스러운 웃음은 참으려고만 하면 약간의 노력으로 가능하다. 그러나 그것을 참지 않는 이유는 그 웃음이 쾌활하고 즐거운 것이라는 고정 관념에 사로잡혀 있기 때문이다. 그래서 그것이 아주 바보스러운 행위임을 깨닫지 못하고 있는 것이다.

## ● 사소한 버릇으로 자기의 좋았던 평가를 깎아내리지 말아라

● ● ● ● ●

말을 하면서 무턱대고 웃는 버릇이 있는 사람이 있다. 내가 알고 있는 어떤 사람도 그러하다. 그의 인격은 아주 훌륭하지만, 그는 곤란하게도 웃지 않으면 이야기를 하지 못한다. 그래서 이 사람을 잘 모르는 사람은 계속 웃는 그의 버릇을 보고 처음에는 머리가 조금 이상한 사람이라고 생각하는데, 그러한 평가를 받아도 하는 수 없는 일이다.

이외에도 사람에게는 그다지 좋은 인상을 주지 못하는 버릇이 많이 있다. 처음으로 사회에 진출했을 때 무료한 김에 묘한 흉내를 내보이거나 무의식중에 한번 해 본 동작이 그냥 그대로 몸에 굳어 버린 경우도 있다.

처음으로 사회생활을 하게 되면 어떻게 처신해야 좋을지 몰라서 갖가지 표정을 지어 보기도 하고 다양한 동작을 시도해 보기도 하는 법이다. 그러다 그것이 어느 사이엔가 버릇이 되어 버린다. 그래서 지금도 코에 손을 대거나 머리를 긁거나 모자를 만지작거리거나 하는 것이다.

어딘지 모르게 어색하고 침착성이 없는 사람은 이런 버릇이 남아 있기 쉽다. 그런 사람은 많다. 그렇다고 그 정도의 행동은 괜찮다는 뜻이 아니다. 이런 행동이 나쁜 짓은 아니지만, 보기에 좋지 않은 행동이니 가능한 한 하지 않는 편이 바람직하다.

또한, 재치나 유머·농담은 어떤 집단을 벗어나면 통용되지 않는 경우가 많다. 그런 것은 특수한 토양에서 생겨나는 산물이기 때문이다. 다른 땅에 이식한다 해도 제대로 자라지 못한다.

어떤 그룹이건 그 그룹 특유의 배경이 있을 것이다. 거기에 독특한 표현법이나 말씨가 생겨나고, 나아가 독특한 유머나 농담이 생겨나는 것이다. 그것을 토양이 다른 그룹으로 가져가 보면, 무미건조하고 아무런 재미도 없게 된다.

'재미없는' 농담만큼 비참한 것은 없다. 좌석은 흥이 깨지고 심한 경우에는 무엇이 재미있는지 설명해 달라는 말을 듣게 된다. 그럴 때의 비참한 기분은 굳이 여기에 기록하지 않겠다.

농담만 아니다. 어떤 모임에서 들은 이야기를 다른 모임에 가서 함부로 떠벌려서도 안 된다.

대단하지 않은 일이라고 생각할지 모르지만 그 말이 돌고 돌아서 나중에 중대한 사태를 초래할 수도 있다.

게다가 무엇보다 그런 행동은 예의에 어긋난다. 물론 뚜렷한 규정은 없지만, 어디에서인가 들은 대화를 함부로 입 밖에 낸다는 것은 무언의 약속을 깨는 행위이다. 그것을 어기면 여기저기서 비난을 받게 되어 어디를 가나 좋게 받아들여지지 않는다.


## ● 자신의 의견이 없는 '마냥 좋은 사람'은 결코 큰 인물이 될 수 없다

● ● ● ● ●

어떤 그룹에도 이른바 호인이 있다. 호인이라는 이유 하나만으로 그 집단에 가입된 사람이 있다. 그들은 잘 관찰해 보면 아무 쓸모도 없으며, 자신의 견해도 의지도 없는 경우가 많다.

그들은 동료들이 말하는 것에 무엇이든 동의하고 양보하며 칭찬한다. 동료들의 대부분이 동의했다는 이유만으로, 아무리 잘못된 일에도 아주 간단히 영합해 버린다. 왜 그런 어리석은 짓을 하는가? 그것은 자신의 뚜렷한 의견이 없기 때문이다.

여러분은 정정당당히 그룹의 일원으로 맞아들여지도록 노력해 주기 바란다. 그러기 위해서는 자신의 의지와 생각을 가지고 있어야 하며, 그것을 쉽게 바꾸지 않는 마음가짐이 중요하다.

그러나 그것을 표현할 때는 예의 바르고 유머러스하게, 그리고 될 수 있는 한 품위를 갖추고 임해야 한다.

여러분의 나이에서는 높은 위치에서 말을 하거나 다른 사람을 비난하듯 말하는 것은 아직 이르다.

소위 호인의 아첨이 아니라면, 남에게 붙임성 있게 구는 말씨는 비난받을 성질의 것이 아니다. 오히려, 남과 교제하기 위해서는 꼭 필요한 요소가 아니겠는가? 이를테면 대수롭지 않은 결점은 모르는 체하고, 눈에 거슬리는 말과 행동은 너그러이 봐준다.

뿐만 아니라, 일정한 범위 안에서 적극적으로 공치사를 하는 것도 현명한 행위일 수 있다. 또 그렇게 하는 편이 상대방에게 친밀감을 주기 쉽다. 공치사를 듣는 쪽도 칭찬을 받으면 기뻐하고, 칭찬을 받지 못하면 그 이상 자기를 향상시키지 못하는 경우가 많다.

## ● 공치사를 할 수 있는 것도 훌륭한 능력이다

● ● ● ● ●

어떠한 그룹에도 그 그룹을 좌우하는 인물이 있다. 여성이라면 미모 · 기지 · 복장, 그 밖의 모든 면에 뛰어난 인물이 있다. 어느 모임에서 좌석을 열광시켰는가 하는 것보다도, 좀더 근본적인 차원에서 그룹 전체를 이끌어 나갈 수 있는 인물인가 아닌가가 결정적 요소가 된다. 모든 사람이 이런 사람에게 집중되는 것은 지극히 자연스럽다. 일종의 위압감이 있는지도 모른다.

이 사람을 거역하면 어떻게 되는가? 즉각 추방이다. 그러므로 그런 사람에 대해서는 다른 생각을 할 필요없이 그저 따르는 게 좋다. 그렇게 하면 강력한 추천장을 받은 것과 마찬가지이고, 그 그룹 안에서 뿐만 아니라 가까운 이웃까지 자유로이 출입할 수 있는 통행증을 손에 넣을 수 있다.


## ● 자연스럽게 배려를 할 줄 아는 사람이 되어라

● ● ● ● ●

남을 성나게 하기보다 기쁘게 하고 싶고, 욕을 얻어먹기보다 칭찬을 받고 싶고, 미움을 받기보다 사랑을 받고 싶다면 항상 상대방에 대한 배려를 잊어서는 안 된다. 그것도 아주 약간이면 된다.

예를 들어 사람에게는 제각기 약간의 버릇이 있고 취미가 있으며 좋고 싫어하는 개인적인 성향이 있다. 그리하여 좋아하는 것을 그의 눈앞에 드러내고, 싫어하는 것을 감춘다.

흔한 예로 "당신이 좋아하시는 술을 준비해 놓았습니다."라고 말해 본다. 혹은 "그분을 별로 좋아하시는 것 같지 않아서 오늘은 초대하지 않았습니다."라고 말하는 것도 좋다. 그러한 자연스러운 배려가 상대방의 마음을 열게 하고 '자기를 이렇게 염려해 주고 있구나!' 하고 감격시킨다.

이와는 반대로 싫어하는 것을 알면서도 부주의로 그것을 내놓는다면 그 결과는 명백하다. 상대방은 바보 취급 당했다고 오해하거나 푸대접받았다고 분개하여, 언제까지나 서운한 생각을 가질 것이다. 아주 사소한 것이라도 좋다. 사소하면 사소할수록 상대방은 오히려 그러한 배려를 기뻐하며, 커다랗고 눈에 띄는 배려를 해 줄 때보다 더 많이 감격하는 법이다.

여러분도 그런 경험이 있을 것이다. 아주 사소한 배려로 인해 뛸 듯이 기뻤던 경험이 분명 있을 것이다. 인간이라면 누구나가 가지고 있는 허영심이 그 일로 인해서 얼마나 만족케 되었는가를 여러분은 느꼈을 것이다.

그것만이 아니다. 오직 그 사소한 배려로 인해 그 사람에게 호의를 갖게 되고, 그 사람의 말투·행동하는 것 모두를 긍정적으로 받아들이게 되지 않았던가? 인간이란 그런 것이다.

## ● 상대가 칭찬받고 싶어하는 것을 칭찬하라

● ● ● ● ● ●

특정한 사람의 마음에 들고 그 사람과 친구가 되려고 생각한다면 그 사람의 장점과 단점을 찾아내서, 그 사람이 칭찬받고자 하는 것을 칭찬하는 방법이 있다.

사람에게는 실제로 우수한 부분과 우수하다고 인정을 받고 싶은 부분이 있게 마련이다. 우수한 부분을 칭찬받으면 기쁘지만, 그보다 더 기쁜 것은 우수하다고 인정받고 싶은 것을 칭찬받는 일이다. 이보다 더 자존심을 살려주는 것은 분명히 없다.

예를 들어 당시의 정치가로서 뛰어난 재능을 가지고 있었던 추기경 리슐리외를 상기해 보겠다. 그는 정치가로서의 명성에 만족하지 못하고 시인으로서 누구보다도 우수하다고 인정받고 싶다는 쓸데없는 허영심을 가지고 있었다. 그래서 위대한 극작가 코르네유의 명성을 질투한 나머지 다른 사람에게 명하여 일부러 《르 시드》의 비평을 쓰게 했다. 아부 잘 하는 사람들은 리슐리외의 정치 수단에 관해서는 거의 언급하지 않고, 시인으로서의 재능을 매우 칭찬했던 것이다.

그들은 알고 있었다. 그렇게 하는 것이 리슐리외로 하여금 자신들에게 호의를 갖게 하는 가장 좋은 약이라는 것을. 리슐리외는 정치 수단에는 자신이 있었지만 시인으로서의 재능에는 자신이 없었기 때문이다.

누구든지 남의 칭찬을 받고 싶은 부분이 있다. 그것을 발견하기 위해서는 관찰을 하는 방법이 제일이다. 그 사람이 자주 입에 담는 화제를 주의해서 관찰하면 된다. 대개는 자기가 칭찬받고 싶은 것, 우수하다고 인정받고 싶은 것을 가장 많이 화제에 올리는 법이다. 그 곳이 급소이다. 그 곳을 찌르면 상대방은 즉각 반응을 보인다.

## ● 때로는 모르는 체 눈을 감는 것도 중요하다

● ● ● ● ●

오해하지 말기를 바라는데 필자는 야비한 아첨으로 사람을 조종하라고 말하는 것은 아니다. 남의 결점이나 나쁜 행동까지 칭찬할 필요는 없고, 칭찬해서도 안 된다. 그러기는커녕 결점은 미워해야 하고, 좋지 않다고 단언(斷言)해야 마땅하다.

그렇지만 다시 한 번 생각해 주기 바란다. 인간의 결점이나 천박하고 소갈머리 없는 허영심에 대해서 눈을 감지 않으면 이 세상은 결코 살아갈 수 없다.

누군가가 실제보다 현명하다고 인정받으려 한다 해서, 또 아름답다고 인정받으려 한다 해서 다른 사람에게 해를 끼치지는 않는다. 천진난만하지 않은가? 그런 사람들에게 그런 생각은 잘못이라고 말해 보았자 부질없는 일이다.

그런 말을 해서 불쾌하게 만드는 것보다는, 나 같으면 차라리 다소의 공치사로 그들의 마음을 기분 좋게 해 주어 친구가 되는 편을 택하겠다.

상대에게 장점이 있으면 여러분은 기분 좋게 찬사를 보낼 수 있을 것이다. 그렇지만 자기로서는 그다지 찬성할 수 없는 일임에도 사회에서 인정받고 있는 것이라면, 두 눈 딱 감고 찬성하는 쪽이 나을 때도 있다.

여러분이 만약에 남을 칭찬하는 재주가 별로 없다면, 그것은 인간이 얼마나 자기의 생각이나 취미를 남에게 지지받고 싶어 하는지, 더 나아가 분명히 잘못된 생각일지라도 그것을 너그러이 보아 주기 바라는지를 아직 잘 모르고 있기 때문이다.

우리들은 자기의 생각뿐만 아니라 버릇이나 복장과 같은 시시한 것까지도 흠을 잡히면 불쾌하게 생각하고, 인정을 받으면 크게 기뻐한다. 재미있는 이야기를 소개하겠다.

찰스 2세의 악명 높은 통치 시대 이야기이다. 당시에 대법관을 맡아 보고 있던 저 샤프츠베리 백작은 대신으로서뿐만 아니라 개인적으로도 왕의 마음에 들고 싶어하였다.

왕이 여자를 좋아한다는 것을 알고 있었던 샤프츠베리는 거기에서 한 가지 계략을 생각해 내어 자기도 첩을 두었다. 그러나 그는 실제로 여자를 가까이 하지 않았다고 한다. 그 소문을 듣게 된 왕은 그것이 사실이냐고 물었다.

샤프츠베리는 "정말입니다. 그 여자 말고도 여러 명을 첩으로 두고 있습니다. 변화가 있는 편이 즐거우니까요," 라고 대답했다. 며칠이 지나서 일반의 알현식 때 왕은 멀리서 샤프츠베리를 보자, 주위 사람들에게 이렇게 말했다.

"모두들 믿을 수 없다고 생각하겠지만, 저기에 있는 마음 약한 작은 사나이가 이 나라의 제일가는 난봉꾼이다."

샤프츠베리가 가까이 다가가자 웃음이 터졌다.

"지금 네 이야기를 하고 있었단다."

라고 왕은 말했다.

"네? 제 이야기를 말입니까?"

"그렇다, 네가 이 나라에서 제일가는 난봉꾼이라고 이야기하고 있던 중이다. 어떠냐, 틀리느냐?"

샤프츠베리는 대답했다.

"아, 그 이야기 말입니까? 그것이라면 아마 제가 제일간다고 할 수 있을 것으로 사려됩니다."

왕이 얼마나 기뻐했는지는 쉽게 상상할 수 있을 것이다. 사람에게는 각기 독특한 사고 방식·행동 양식·성격이 있다. 그것들에 관해서는 적어도 입밖에 내어 이러쿵저러쿵 말하지 않는 것이 일종의 약속처럼 되어 있다. 그러므로 사실과 조금 다르더라도, 그것이 각별히 나쁜 일이나 자신의 위신에 상처를 주는 일이 아닌 한, 자진해서 순응하는 것이 중요하지 않을까?

## ● 뒤에서 칭찬받는 것보다 기쁜 것은 없다

● ● ● ● ● ●

상대방을 기쁘게 만들고 싶다면 조금 전략적이기는 하지만 뒤에서 칭찬해 본다. 그렇다고 해서 다만 뒤에서 칭찬하는 것으로 끝나면 의미가 없다. 그것이 칭찬한 상대방에게 확실히 전해져야 한다.

그래서 중요한 것은 칭찬한 것을 전해 줄 사람을 선정하는 것이다. 그 말을 전달함으로써 덕을 볼 사람을 찾으면 된다. 그렇게 하면 확실히 전해 줄 뿐만 아니라, 어쩌면 과장해서 전해 줄지도 모른다. 남에 대한 찬사 중에서 이보다 더 기쁜 것, 더 효과적인 것은 없다고 해도 과언이 아니다.

이제까지 말해 온 것들은 앞으로 사회 생활의 첫발을 내딛게 되는 젊은이가 기분 좋은 교제를 하는 데 필요한 것들이라고 생각된다.

필자도 여러분 나이 때 이런 것들을 알고 있었더라면 얼마나 좋았을까? 나의 경우 이것들을 아는 데 35년의 세월이 걸렸다. 그렇지만 지금 여러분이 그 열매를 거두어 준다면 후회는 없다.

## ● 친구가 많고 적敵이 적은 사람이야말로 강한 사람이다

● ● ● ● ●

이 세상에 적이 없는 사람은 없고, 모든 사람에게 사랑받는 사람도 없다. 그러나 그렇다고 해서 사랑받으려는 노력을 하지 않아도 좋다는 뜻이 아니다.

필자의 오랜 경험에 비춰 보면, 친구가 많고 적이 적은 사람이 이 세상에서 가장 강한 사람이다. 그런 사람은 원한을 사거나 시기를 받는 일이 좀처럼 없으므로 누구보다도 빨리 출세하고, 만일 몰락하더라도 사람들의 동정을 받기 때문에 고결하게 몰락한다.

이렇게 생각해 보면, 친구가 많고 적이 적다는 것은 항상 마음에 새겨 두고 노력해 볼 가치 있는 목표가 아니겠는가?

## ● 사랑받는 노력을 게을리 하지 말아라

● ● ● ● ●

인덕만큼 합리적이고 착실한 의지는 없다. 사람을 끌어올리는 것은 다른 사람들의 호의(好意)이며, 애정이고 선행이다.

그런 것들을 손에 넣기 위해서는 어떻게 하면 좋을까? 무엇보다 그것들을 손에 넣겠다는 끊임없는 노력이 중요하다. 지금까지 노력하지 않고 얻은 사람은 없다.

사람들의 호의나 애정이라고 부르는 것은 연인 사이의 사소한 감정이나 친구 사이의 우애처럼 절친한 관계 속에서만 한정되는 것이 아니다. 우리들이 여러 부류의 사람들과 관계를 가질 때 그 사람에게 알맞은 방법으로 그 사람을 기쁘게 함으로써 손에 넣을 수 있는 보다 광범위한 호의·애정·선행을 말한다.

이런 좋은 감정은 그 사람의 이해와 대립되지 않는 한 언제까지나 계속되는 법이다. 그 이상의 호의를 받을 수 있는 대상은 가족을 포함하여 기껏해야 서너 사람 있을까 말까 할 것이다.

필자가 지금까지 살아 온 49년 이상의 경험을 가지고 20세부터 인생을 다시 살라고 한다면, 필자는 인생의 대부분을 될 수 있는 대로 많은 사람들로부터 사랑받도록 노력하는 데 소비할 것이다. 옛날처럼 자기에게 눈길을 주기를 바라는 남성이나 여성의 마음을 붙잡는 데만 골몰하여, 다른 사람은 어떻게 되어도 좋다는 식의 행동은 하지 않겠다.

만일 자기가 겨냥했던 남성이나 여성의 평가가 부정적으로 치우치면 더욱 곤란해진다. 이런 일은 능력 있는 사람에게는 곧잘 있는 일이다. 이럴 경우 그 밖의 사람들은 화가 나 있을 것이고, 어느 쪽을 향하면 좋을지 몰라 방황하게 된다.

그보다는 많은 사람들의 호감을 받고 그 속에서 느긋하게 있는 편이 낫다. 그것은 가장 큰 방패이다. 남성이든 여성이든 인간은 인덕에 약한 법이다. 인덕을 방패로 삼고 있는 사람은 성공의 가능성도 높고, 그 정도도 크다. 여성도 인덕이 있는 남성에게는 이상하게 마음이 끌리는 법이다.

인덕을 얻는 것은 그다지 어려운 일은 아니다. 우아한 몸가짐, 진지한 눈매, 세심한 배려, 상대를 기분 좋게 하는 말, 분위기·복장 등 아주 조그마한 행위가 모이면 상대의 마음을 붙잡을 수 있다.

내가 지금까지 만난 사람들 중에는 겉으로 보기에는 아름답지만 조금도 내 마음을 붙잡지 못하는 여성, 분별력은 있는데 아무리 해도 좋아지지 않는 사람이 많이 있었다. 왜 그런지 여러분은 알 것이다. 그렇다, 그 사람들은 자기의 아름다움과 능력에 자신이 있었기 때문에 사람의 마음을 붙잡는 기술을 소홀히 했던 것이다. 정말로 얼마나 큰 잘못인가?

# 자신의 품격을
# 기르기 위한 노력

지식을 아는 사람은 현명한 아버지이다.
—셰익스피어(1564~1616. 영국의 극작가, 시인)

## ● 골조만 있고 장식裝飾이 없는 건물이 되지 말아라

● ● ● ● ●

젊은이라고 하는 작은 건축물도 이제 그 골조가 거의 완성되어 가고 있다. 이제 남아 있는 일은 아름답게 마무리하는 것이다. 그것은 여러분의 임무이며, 또한 우리의 관심사이다.

이 책을 읽고 있는 독자는 온갖 우아함과 소양을 몸에 지녀야 한다. 그것들은 골조가 확고하게 되어 있지 않으면 값싼 장식에 불과하지만, 기초 공사가 단단하게 되어 있으면 건축물을 더욱 돋보이게 한다.

166

그뿐인가, 아무리 단단한 골조라도 장식이 없으면 매력이 반감되는 수가 있다.

여러분은 토스카나 식 건축이라는 것을 알고 있는가? 모든 건축 형식 중에서 가장 튼튼한 양식이다. 그러나 동시에 가장 투박하고 멋이 없는 양식이기도 하다.

튼튼하다는 점에서 보면 대건축물의 기초나 토대에는 안성맞춤이라고 할 수 있지만, 만일 이것으로 건물 전부를 세워 버리면 어떻게 될까? 아무도 그 건물을 눈여겨보는 사람이 없을 것이고 그 앞에서 발을 멈추는 사람도, 심지어는 안으로 들어가 보려는 사람도 없을 것이다.

앞에서 보았을 때 멋있지 않고 살벌하므로 사람들은 내부도 지레 짐작을 하게 된다. 그래서 일부러 안으로 들어가 마무리나 장식을 볼 필요가 없다고 생각한다.

그런데 토스카나 식의 토대 위에 도리아 식, 이오니아 식, 코린트 식의 기둥이 늘어서 있어서 아름다움을 뽐내고 있다면 어떨가? 건축 따위에는 전혀 흥미가 없는 사람이라도 무의식중에 눈을 빼앗기고, 아무 생각 없이 지나가던 사람이라도 발길을 멈출 것이다. 그리고 안을 보고 싶다는 욕구가 솟아올라 실제로 안으로 들어가 볼 것임에 틀림없다.

## ●자신을 보다 좋게 보일 수 있는 재주를 닦는다

● ● ● ● ●

여기에 한 명의 남자가 있다. 지식이나 교양 정도는 보통이지만 인상이 좋고 말하는 모습에 호감이 간다. 말하는 것, 행동하는 것 모두가 품위가 있고 정중하며 붙임성이 있다. 말하자면 자기 자신을 좋게 보이게 하는 재능을 가진 인물이다. 여기에 또 한 명의 사나이가 있다. 지식이 많고 판단력도 정확한 사나이이다. 그렇지만 앞에서 말한 사나이처럼 자신을 좋게 보이게 하는 재능은 결여되어 있다.

자, 어느 쪽의 사나이가 세상의 풍파를 잘 헤치고 나갈 수 있을까? 그렇다, 분명히 앞에 말한 사나이가 더 잘 적응할 수 있을 것이다. 장식품을 많이 달고 있는 인물이 자기를 장식하려고 하지 않는 인간보다 유리하다.

별로 현명하다고 할 수 없는 사람들—전 인류의 4분의 3은 그렇지 않을까?—의 마음을 붙잡는 것은 언제나 드러나는 겉모양이다. 그들에게는 예의 범절과 몸가짐, 그리고 응대하는 방법이 전부이다. 그 이상은 보려고 하지 않는다. 그렇지만 그것은 현명한 사람도 마찬가지이다. 현명한 사람도 눈이나 귀에 거슬리는 것, 마음을 끌지 못하는 것에 대해서는 머리가 따라가지 않는 법이다.

## ● 철두철미하게 품위를 유지하라

● ● ● ● ● ●

사람의 마음을 붙잡고자 한다면 먼저 오감에 호소하는 것이 중요하다. 눈을 즐겁게 하고 귀를 즐겁게 해 준다. 그렇게 해서 이성을 단단히 사로잡고 마음을 빼앗는다.

그런 뜻에서 '끝까지 품위를 유지하라'고 말하고 싶다. 같은 일이라도 품위를 느낄 수 있는 것과 그렇지 않은 것은 하늘과 땅 만큼의 차이가 있다.

잠시 생각해 보라. 대답하는 것이 차분하지 못하고 옷차림이 단정치 못하고 더듬더듬 말하거나 아주 작은 소리로 소곤소곤 말한다면, 또는 대답이 늘 똑같거나 부주의한 동작을 한다면— 그러한 사람을 처음으로 만나게 되면 어떠한 인상을 갖게 될까?

그 사람에 관해서 실상은 아무것도 모르고 있음에도, 또 어쩌면 그 사람이 아주 훌륭한 것을 많이 가지고 있음에도 불구하고, 그 사람의 내면(內面)까지 깊이 파고 들어갈 생각을 하지 않는다. 미리부터 그 사람을 마음 속에서 거부하는 것이다.

그런데 그와는 반대로 말과 행동에 모두 신경을 쓰고 있어 품위(品位)를 느낄 수 있다면 어떨까? 내면 따위를 미처 파악하기 전에 그 사람을 본 순간 마음을 빼앗겨 호의를 갖게 되지는 않을까? 그것이 어떤 이유로 사람의 마음을 끄는가를 설명하기는 어렵다.

그렇지만 한 가지 말할 수 있는 것은 구체적으로 설명하기 힘든 그 무엇이, 즉 사소한 동작이나 사소한 말이 그것 하나만으로는 빛을 내지 못하다가 많이 모이면 비로소 빛을 낸다는 것이다.

그래서 그것이 사람의 마음을 붙잡고 놓아 주지 않는 것이다. 마치 모자이크처럼, 떼어낸 조각 하나하나는 아름답지 않지만 그 조각들이 모이면 아름다운 것과 비슷하다.

산뜻한 옷차림, 부드러운 동작, 절도 있는 매무새, 상냥한 목소리, 구김살 없고 밝은 표정, 상대방에게 맞장구치면서도 분명한 말솜씨—이 이외에도 많이 있지만, 이런 것들 하나하나가 사람의 마음을 붙잡고 놓아주지 않는 작은 요소들임에 틀림없다. 적어도 필자는 그렇게 생각한다.

## ● 다른 사람의 장점을 완벽하게 닮도록 노력한다

● ● ● ● ●

다른 사람의 마음을 붙잡는 언행은 누구나 몸에 익힐 수 있는 것일까? 훌륭한 사람들과 자주 교류할 수 있는 입장이고, 또 자기에게 그럴 마음이 있다면 반드시 할 수 있다. 훌륭한 사람들을 주의해서 관찰하고, 그들이 하는 그대로 따라하면 된다. 그렇게 하면 자신도 할 수 있게 된다.

우선 맨 처음에 보았을 때 왠지 모르지만 호감이 가는 사람이 있다면, 자신을 끌어당기는 언동을 자세히 관찰하여 무엇이 그렇게 좋은 인상을 주고 있는가를 생각하기 바란다. 대개는 여러 가지 장점이 어우러져 좋은 인상을 주는 경우가 많다. 겸손하지만 당당한 태도, 비굴하지 않게 경의를 표하는 모습, 우아하고 뽐내지 않는 행동, 절도 있는 옷차림 등이 좋아 보였을 것이다.

좋은 인상을 주는 요소가 무엇인지를 알았으면 흉내를 내어 본다. 그러나 그 때 자기 개성은 무시하고 무조건 흉내를 내면 안 된다. 위대한 다른 화가의 작품을 본떠 그리는 것처럼, 아름다움의 관점에서나 자유의 관점에서나 결코 원작보다 못하지 않도록 공들여야 한다.

## ● 호감을 가진 인물을 관찰하여, 판박이라고 할 수 있을 정도로 흉내낸다

● ● ● ● ●

만인에게 예의 범절도 훌륭하고 호감을 주는 인물이라고 인정받는 사람을 만나면, 그 사람에게 주목하여 관찰해 보면 좋다.

웃어른께는 어떠한 태도와 어떠한 말씨로 대하는가, 자기와 같은 지위에 있는 사람과는 어떠한 교제를 하는가, 자기보다 지위가 낮은 사람은 어떻게 다루는가를 세밀히 관찰해 보면 좋다.

오전 중에 사람을 방문했을 때는 어떠한 내용을 화제로 삼는가, 식탁에서는 또 저녁 모임에서는 어떤 이야기를 주로 하는가 등등. 그것들을 잘 관찰하여 그대로 해 보는 것이다.

그러나 원숭이 흉내가 되어서는 안 된다. 그 사람의 복제물이 될 정도로 완벽히 흉내내야 한다. 그렇게 흉내를 내려고 노력하는 동안, 만인에게 호감을 주는 인물은 결코 남을 가볍게 취급하는 일, 무시하는 일, 자존심이나 허영심에 상처를 주는 일 따위는 절대로 하지 않음을 알게 될 것이다.

또한, 상대방의 입장에서 경의를 표하거나 평가를 하거나 배려를 한다는 것을 알게 될 것이다. 즉, 상대방을 기쁘게 하여 마음을 붙잡고 있음을 알게 될 것이다. 뿌리지 않은 씨는 자라지 않는 법이다. 호감을 가질 수 있는 인물도 정성들여 씨를 뿌렸기에 풍성하게 열매를 수확할 수 있는 것이다.

호감을 얻을 수 있는 언행은, 실제로 흉내를 내고 있는 동안에 반드시 몸에 익힐 수 있다. 그것은 현재의 자기를 돌아보면 쉽게 알 수 있다. 현재 자신의 모습은 반 이상이 흉내로 이루어져 있는 게 아닐까? 중요한 점은 좋은 본보기를 선택하는 일, 그리고 무엇이 좋은가를 판별하는 일이다.

인간이란 평상시에 자주 이야기를 나누는 상대의 분위기·태도·장점·단점뿐만 아니라, 사고 방식까지 무의식중에 닮아가게 마련이다.

내가 알고 있는 몇몇 사람도 자신은 그다지 뛰어난 머리를 가지고 있지 않음에도 불구하고 평소에 현명한 사람들과 교제를 했기 때문에 생각지도 못한 멋있는 기지를 발휘할 때가 있다.

필자가 항상 말하듯이 여러분도 훌륭한 사람들과 교제하면 자신도 모르는 사이에 그들을 닮아가게 될 것이다. 거기에 집중력과 관찰력이 더해지면 금상첨화(錦上添花), 곧 그들과 동등하게 될 수가 있다.


## ● 어떤 사람이라도 자신의 스승이 될 수 있다

● ● ● ● ●

주위에 호감을 가질 만한 사람이 없을 때는 어떻게 하면 좋을까? 그럴 때는 누구라도 좋으니, 자기의 주변에 있는 사람을 차분히 관찰하도록 한다.

아무리 훌륭한 사람도 온갖 장점을 다 가질 수 없는 것과 마찬가지로, 아무리 쓸모없어 보이는 사람이라도 반드시 좋은 점을 한 가지는 가지고 있다. 그것을 흉내내면 좋다. 그리고 좋지 않은 부분은 타산지석(他山之石)으로 삼으면 된다.

호감을 얻는 사람과 그렇지 못한 사람의 차이는 무엇일까? 그것은 말과 행동은 똑같아도 태도가 전혀 다르기 때문이다. 그것이 바로 호감을 얻게 되는 이유이다.

세상에서 인기가 있는 인물도, 그리고 품위를 전혀 느낄 수 없는 인물도 똑같이, 말하고 움직이고 옷을 입고 먹고 마신다. 다른 것은 그 방법과 태도이다. 그러므로 화술·걸음걸이, 먹는 방법이 어떨 때 볼썽사나운 인상을 주는지를 관찰하면 앞으로 어떻게 해야 할지를 저절로 알게 된다.

## ● 사람의 마음을 붙잡기 위해서는 예쁘게 서고, 예쁘게 걷고, 예쁘게 앉는다

● ● ● ● ●

실제로 사람의 마음에 호소하려면 어떻게 하면 좋을까? 필자는 여기에서 몇 가지 항목을 나열해 보겠다. 여러분에게 참고가 된다면 좋겠다.

일어선다·걷는다·앉는다는 각각의 동작은 단순하지만 춤을 잘 추는 것보다 훨씬 중요하다. 필자는, 댄스는 서투른데 일상 생활의 동작이 아름다운 사람을 많이 보았다. 그러나 댄스는 잘 추는데 일상 생활의 동작이 보기 흉한 사람도 많이 보았다.

예쁘게 일어서고 예쁘게 걷는 사람은 많은데, 예쁘게 앉을 수 있는 사람은 많지 않은 것 같다. 또한 사람 앞에 나가면 위축되어 버리는 사람이 있는가 하면, 부자연스럽게 등을 세우고 딱딱한 자세로 앉는 사람도 있다.

거만하고 조심성 없는 사람은 의자에 온 체중을 실어 앉는다. 이런 자세는 상당히 친밀한 사이가 아니면 불쾌한 인상을 준다.

모범적으로 앉으려면 우선 마음을 편하게 가지고 겉으로도 그렇게 보이도록, 온 체중을 의자에 의지하지 말고 편안히 앉는다. 몸을 딱딱하게 하여 부동의 자세를 취하는 것이 아니라 힘을 빼고 자연스럽게 앉는다.

아마 여러분은 할 수 있겠지만, 만약 어렵게 생각되면 될 수 있는 대로 이에 가깝게 앉도록 끊임없이 연습하기 바란다.

극히 사소한 동작의 아름다움이 여성뿐만 아니라 남성의 마음까지도 사로잡는다. 그것은 직장에서도 마찬가지이다. 우아한 동작이 사람의 마음을 얼마나 깊이 사로잡는지 명심할 일이다.

예를 들어 한 여성이 부채를 떨어뜨렸다고 하자. 유럽에서 가장 우아한 사나이나 가장 우아하지 않은 사나이나, 그것을 주워 건네주는 데는 다를 바가 없다. 그렇지만 그 결과는 아주 다르다. 우아한 사나이는 감사의 답례를 받지만, 우아하지 못한 사나이는 그 동작이 어색하기 때문에 웃음거리가 된다.

우아한 동작을 하는 것은 비단 공공 장소에 한한 것이 아니다. 일상의 행동에서도 마찬가지이다. 작은 일을 우습게 여기면 막상 하려고 할 때 하지 못하는 수가 생긴다. 커피 한 잔을 마시는데도 찻잔을 드는 방법이 이상하기 때문에 찻잔 속에서 커피가 출렁출렁 춤을 추는 일이 없도록 해야 한다.

## ● 개성이 어설프게 나타나지 않는 복장이야말로
최고의 옷차림이다

● ● ● ● ●

나는 복장을 보고 그 사람의 인품을 혼자 가늠해 보곤 한다. 다른 사람들도 그렇지 않을까?

나의 경우, 복장에서 조금이라도 뽐내는 느낌이 들면 그 사람의 사고 방식도 조금 비뚤어져 있을 것이라고 단정해 버린다. 예를 들면, 현대 영국 젊은이들은 복장으로 다소나마 자기 주장을 한다.

옷을 화려하게 차려 입은 사람을 보면, 필자는 내용이 없음을 감추기 위하여 일부러 위압적인 차림을 하고 있는 것 같아 기분이 언짢다.

한편, 옷차림에는 전혀 신경을 쓰지 않아서 그가 어느 부류의 사람인지, 궁정 사람인지 마부인지 구별할 수 없는 옷을 입고 있는 사람도 또한 그 속 알맹이를 의심하지 않을 수 없다.

분별력이 있는 사람은 복장에 개성이 나타나지 않도록 신경을 쓰는 법이다. 혼자만 유별나게 눈에 띄는 옷차림을 하지 않는다.

그 고장의 지식인이나 그 사회의 사람들과 비슷한 수준의 옷차림을 한다. 옷차림이 지나치게 화려하면 가벼워 보이고, 너무 초라하면 의상에 신경을 쓰지 않은 듯하여 실례가 된다.

필자의 생각으로 젊은이의 옷차림은 초라하기보다는 조금 화려하다고 느껴질 정도로 차려 입는 것이 좋다. 화려한 옷차림은 나이가 들면서 차츰 수수해지지만, 그렇다고 지나치게 무관심해지면 비참함을 초래할 뿐이다. 이를테면 40세에는 사회에서 밀려나는 사람이 되고, 50세에는 남이 싫어하는 사람이 되어 버린다.

그러므로 주위 사람들이 화려한 옷차림을 하고 있을 때는 자신도 화려하게, 간소한 옷차림을 하고 있을 때는 자신도 간소하게 하면 좋다.

다만 언제나 바느질이 잘 된 옷, 몸에 꼭 맞는 옷을 입도록 한다. 그렇지 않으면 부자연스럽고 어색한 느낌이 든다.

또, 일단 의상을 결정하고 옷을 입었으면 그 날은 두 번 다시 의상에 대해서 생각하지 말아야 한다. 콤비네이션이 이상하지 않은가, 색깔의 조화가 나쁘지 않은가 등등을 생각하고 있다면 동작이 분명히 딱딱해진다. 일단 옷을 입으면 괜히 옷에 신경쓰지 말고 마치 아무것도 몸에 걸치고 있지 않은 것처럼 자연스럽고 기분 좋게 행동해야 한다.

그리고 헤어 스타일에도 신경을 쓰도록 한다. 머리 모양은 복장의 일부이다. 혹시 여러분은 양말을 흘러 내리게 신고 있거나 구두 끈을 매지 않은 채 다니고 있지는 않는가? 구질구질한 신발만큼 점잖지 못한 인상을 주는 것은 없다.

남에게 좋은 인상을 주려면 특히 청결이 중요하다. 여러분은 손이나 손톱을 항상 깨끗하게 하고 있는가? 치아는 식사 후마다 반드시 닦고 있는가?

치아는 특히 중요하다. 죽을 때까지 자기 치아로 음식을 씹으려면, 그리고 그 견디기 힘든 치통을 앓지 않으려면 각별한 주의를 기울여야 한다. 게다가, 치아가 나빠지면 고약한 냄새가 나기 때문에 주위 사람들에게도 실례가 된다.

젊은이들은 대개가 아주 좋은 이를 가지고 있겠지만, 필자는 그렇지 못하다. 젊었을 때 주의를 기울이지 않았기 때문에 지금은 엉망이다. 식사를 끝내면 항상 따뜻한 물과 부드러운 칫솔로 4~5분간 닦고, 하루 5~6회 양치질하는 습관을 들이면 좋다. 그리고 치열이 고르지 못하다면 유명한 전문가를 당장 찾아가서 이상적인 치열이 되도록 교정받기를 권한다.

## ● 먼저 표정을 연마하면 자연스럽게 마음도 연마된다

● ● ● ● ●

사람의 마음을 붙잡는 요인은 여러 가지가 있지만 그 중에서 가장 효과가 크고, 일단 사람의 마음을 붙잡으면 놓아 주지 않는 것이 바로 표정이다. 그런데 이것을 전혀 모르는 젊은이가 너무 많은 것 같다.

보통 사람들은 자신의 용모에 불만족스런 점이 있으면 그것을 숨기고 보충하려고 필사적인 노력을 하는 법이다. 그다지 잘 생기지 못한 용모를 갖고 태어난 사람이라면 더욱 그렇다. 조금이라도 좋게 보이기 위해 고상하게 행동하기도 하고 상냥하게 미소를 지어 보기도 하는 등, 눈물겨울 정도로 노력을 한다.

필자가 알고 있는 어떤 젊은이는 지방 의원으로 처음 선출되었을 때, 자기 방에서 거울을 보며 표정과 동작 연습을 하다가 이를 들켜 웃음거리가 된 적이 있다.

그러나 필자는 웃을 수가 없었다. 오히려 이 젊은이는 비웃는 사람들보다 훨씬 사리판단이 분명하다고 생각되었다. 그는 공공 장소에 나갔을 때 표정과 동작이 얼마나 중요한가를 잘 알고 있었다.

이런 말을 하면 여러분은 틀림없이 이렇게 물어 볼 것이다. '그렇다면 온순한 얼굴 표정이 되기 위하여, 하루 종일 신경을 쓰라는 말입니까?' 라고.

그에 대해 대답하겠다. 하루 종일 신경 쓰라는 얘기가 아니다. 2주일 정도면 족하다. 2주일 동안이라도 좋으니 좋은 표정을 지을 수 있도록 노력하기 바란다. 그렇게 하면 그 후에는 일체 표정에 대해 생각하지 않아도 된다. 2주일이 지나면 하늘로부터 구원받은 얼굴이 되어 있을 것이다. 지금까지 무관심하게 지나온 것의 절반만이라도 좋으니 노력해 보기 바란다.

먼저 눈가에는 항상 상냥한 표정이 떠오르도록 해라. 그리고 전체적으로 미소짓는 듯한 표정이 좋다. 그런 뜻에서 수도사의 표정을 조금 본떠 보면 어떨까? 선의가 넘치고 자애가 가득 차고 엄숙한 중에도 열의가 담긴 표정, 이런 표정은 사람의 마음을 끌어당기는 매력을 가지고 있다고 생각되는데 여러분의 생각은 어떤가?

물론 표정만이 좋은 것은 아니다. 대개의 사람은 마음이 뒤따른다. 긍정적이고 착한 마음이 뒤따르기 때문에 그들의 표정이 사람들의 마음을 사로잡아 호감을 느끼게 되어 자연스럽게 받아들여지는 것이다.

## ● 남에게 호감을 주기 위한 첫째 조건은 예의 범절이다

● ● ● ● ●

평소 걱정하던 바이지만, 젊은이들 가운데 예의가 없고 제멋대로인 사람이 많은 것은 부모들이 예의 범절을 가볍게 보거나 그런 일에 무관심하기 때문이다.

그들은 자녀들에게 기초 교육과 대학 교육, 더 나아가 유학까지 가능한 한 많은 교육을 시킨다. 그러나 그들의 자녀가 무엇을 생각하는지에는 무관심하다. 그리고 각 교육과정에서 자녀가 어떻게 성장하고 있는가를 관찰하지 않고 혹은 관찰했다 해도 그것을 판단하는 일 없이, 속절없이 이렇게 혼잣말을 한다. '괜찮아, 다른 아이들처럼 잘 하고 있을 것이다!' 라고…….

물론 그들은 다른 아이들과 마찬가지로 학교에 다니고 있지만 잘 하고 있는 것은 아니다. 그들은 학교 다닐 때 몸에 익힌 어린아이 같은 천한 장난을 그만두지 않는다. 더 나아가 유학 중에 몸에 익힌 거만한 태도를 고치지 않는다.

이런 것은 부모가 관심을 갖지 않으면 달리 주의를 줄 사람이 없다. 그러므로 젊은이들은 타인의 눈을 괴롭게 하는 자신의 어리석은 태도를 모르고, 오로지 눈꼴사나운 무례한 행위를 계속하고 있는 것이다. 앞에서도 여러 번 이야기했지만, 자식의 예의 범절이나 사람을 대하는 방법에 대해 이러쿵저러쿵 말할 수 있는 것은 부모뿐이다.

그것은 자식이 어른이 되어도 마찬가지이다. 아무리 친한 친구라도, 자기 자식의 부모가 될 수 없기 때문에 주의를 주기란 쉬운 일이 아니다.

만약, 여러분에게 충실하고 우호적이며 예리한 감시자를 가지고 있다면 행운으로 여겨라.

부모의 눈을 피할 수 있는 것은 하나도 없다. 자식에게 결점이 있으면 그것을 재빠르게 발견하여 고치도록 지시를 해야 한다. 또한 장점이 있으면 자식에게 박수를 보내자. 그것이 부모로서의 임무라고 생각한다.


### ● 학문으로 배울 수 없는 교육이야말로 중요하다

● ● ● ● ● ●

인간이란 원래 완벽하지 못하다. 그렇지만 가능한 한 완벽한 모습으로 접근시키려는 것이 아버지로서 자식이 출생한 이래 자식에 대해 가지고 있던 소원이며, 필자도 이를 실현시키기 위하여 한결같은 노력을 거듭해 왔다.

또한 필자는 그것을 이루기 위한 수고를 다했으며 비용을 아끼지 않았다. 교육의 힘은 위대하여 인간이 타고난 자질 이상으로 개조시킬 수 있다고 믿었기 때문이다. 그것은 여러분도 경험상 알고 있을 것이다.

가장 먼저 부모가 해야 할 일은 아직 판단력이 부족한 어린 자식에게 선(善)을 사랑하는 마음과 존경하는 마음을 심어 주는 일이다. 자식들은 어릴 때 그것을 마치 문법을 외우듯이 기계적으로 몸에 익혀야 한다. 그리해야 성장한 다음에는 자기 스스로의 판단으로 그것을 실천하게 된다. 하기야 선을 행하는 일이나 사람을 존경하는 일 등은 당연한 일로서, 특별한 가르침을 받지 않아도 모두가 행하는 일이기는 하다.

샤프츠베리 경은 다음과 같이 말한다.

'나는 남이 보기 때문에 선을 행하는 것이 아니라 자신을 위하여 선을 행한다. 그것은 남이 보기 때문에 청결하게 하는 것이 아니라 자신을 위하여 청결하게 하는 것과 똑같다."

그러므로 자기 자식에게 판단력이 생긴 후에는, 단 한 번이라도 선을 행하라는 말을 할 필요가 없다. 그것은 당연한 일이기 때문이다.

그 다음으로 필자가 다짐하고 싶은 것은, 자기 자식에게 실질적이며 한쪽으로 치우침이 없는 포괄적인 교육을 하는 일이다. 그리고 지금 마지막으로 남아 있는 것이 사람과 접촉하는 방법, 곧 예의 범절을 가르치는 일이다. 이것을 알지 못하면 모처럼 몸에 익힌 것이 불완전하게 되어 빛을 잃고, 어떤 면에서는 무의미하게 되어 버릴 수 있다. 혹시 이 점이 부족한 사람이 있을지 모르니까 그 점에 중점을 두어 쓰기로 하겠다.

## ● 먼저 자신을 억제하고 상대에게 맞추는 것이 기본이다

● ● ● ● ● ●

우리들의 공통적인 친구인 어떤 분은 예의에 관해서 '서로 자신을 조금 억제하고 상대편에게 맞추려고 하는 분별과 양식 있는 행위.'라고 설명하고 있다. 이에 이의를 제기하는 사람은 없을 것이다. 다만 분별과 양식 있는 인간—여러분도 그 한 사람이다—이 누구나 다 예의 바른 인간이 될 수 있는 것이 아니라는 사실을 기억해 두어야 한다.

확실히 예의를 어떻게 표현하는가는 사람 · 고장 · 환경에 따라서 큰 차이가 있고, 그것은 실제로 자신의 눈으로 보고 귀로 듣지 않으면 모르는 일이다. 그렇지만 예의를 존중하는 마음 그 자체는 어느 시대, 어디를 가나 변함이 없을 것이다. 그러므로 뜻이 있느냐 없느냐가 예의 바른 인간이 되느냐 못 되느냐의 열쇠가 된다.

예의 범절이 특정 사회에 미치는 영향은 도덕이 사회 전반에 미치는 영향과 비슷하다. 그것은 사회를 하나로 묶고, 안전성을 높인다는 공통성이 있다.

비슷한 것은 그것만이 아니다.

일반 사회에도 도덕적 행위를 권장하기 위해서—또는 적어도 부도덕한 행위로부터 몸을 지키기 위해서—법률이라는 것이 제정되어 있을 것이다.

그것과 마찬가지로 특정한 사회에도 예의 바른 행위를 권장하고 무례를 훈계하기 위한 무언의 규율이 있다.

이렇게 말하면 '법률과 무언의 규율을 동일시하다니…' 하고 놀랄지도 모르지만, 필자에게는 그 두 가지가 비슷하게 생각된다. 타인의 소유지에 침입한 부도덕한 사나이는 법에 의해서 처벌받을 것이다. 그와 마찬가지로 타인의 평화로운 사생활에 서슴없이 침입한 무례한 인간도 또한 사회 전체의 무언의 합의에 의하여 추방되는 것이다.

분명, 사회를 살아가는 사람들은 상냥하게 행동하고 상대편에게 주의를 하고 다소의 희생을 치른다는 것은, 누구로부터 강요받는 것이 아니라 자연적으로 몸에 배는 일종의 무언의 협정 같은 것이다. 그것은 왕과 신하가 비호와 복종이라는 무언의 협정으로 맺어져 있는 것과 조금도 다를 바가 없다. 어느 경우건 그 협정을 어긴 자가 이익을 박탈당하는 것은 그에 따른 당연한 보답이라고 할 수 있다.

내 개인적 생각을 말한다면, 예의를 다하는 것은 선행 다음으로 사람들의 마음을 붙잡는 중요한 요인이 아닌가 여겨진다. 나 자신도 '아테네의 장군 아리스테이데스(520~468 B.C. 청렴하기로 유명했던 정치가)와 같다.' 라는 찬사를 받으면 가장 기쁘지만, 그 다음으로 기쁜 것은 '예의 바른 분' 이라는 말을 들었을 때이다. 그만큼 예의는 중요하다.

## 예절은 상황에 맞게, 즉 윗사람에게는 우아하게 예의를 표현해야 한다

예의에 관한 전반적인 이야기는 이 정도로 해 두고, 다음으로 상황에 따른 예절에 대해 이야기를 해 보겠다.

명백히 윗사람이라는 것을 알 수 있는 사람, 공적인 지위가 높은 사람에게 예의를 소홀히 하는 사람은 없다. 중요한 것은 그것을 어떻게 나타내느냐이다. 분별력이 있고 인생 경험이 있는 사람은 윗사람을 대할 때 어깨에 힘을 주지 않고 자연스럽게 최대한의 예의를 표현한다.

그런데 훌륭한 사람들과 별로 교제해 본 적이 없는 사람은 필자가 보기에 애처로울 정도로 용기를 쥐어 짜고 있는 것을 발견할 수 있다.

존경하는 사람을 앞에 두고, 꼴사납게 의자에 걸터앉거나 휘파람을 불거나 머리를 박박 긁는 등의 무례한 행위를 하는 사람은 없을 것이다.

윗사람 앞에서 주의해야 할 점은 오직 한 가지, 마음을 편안히 한 채 겁먹지 말고 우아하게 예의를 표현하는 일이다. 이것은 좋은 본보기를 자신의 마음 속에 항상 담아 두고 실제로 그것을 흉내냄으로써 몸에 익혀 두는 길밖에 없다.

## ● 잡다한 사람들의 모임에서는 '선'을 지킨다

● ● ● ● ●

특별히 윗사람이 없는 잡다한 사람들의 모임에서는 적어도 잠시 동안은 초대받은 사람 모두가 동등한 입장이라고 생각해도 좋다. 이 경우, 특별히 존경하는 마음으로 대하거나 경의를 표해야 할 인물이 원칙적으로는 없는 셈이므로 행동을 자유롭게 하게 되고 긴장해야 할 일도 적어진다.

그러나 어떠한 교제이건 절대로 지켜야 할 선(線)이라는 것이 있다. 이 경우에는 그것을 지키기만 하면 무난하다고 할 수 있다.

그렇지만 기억해야 될 점은, 이 경우 특별히 주의를 기울여야 할 상대가 없는 대신에 누구나 대강의 예의나 배려를 기대하고 있다는 점이다. 그러므로 주의가 산만하거나 무관심한 것은 허용되지 않는다.

예를 들면 누군가가 다가와서 따분한 이야기를 시작했다고 해도 여러분은 우선 정중하게 응대해 주어야만 한다. 이야기를 건성으로 듣거나 해서 상대를 무시하고 있다는 것이 들통나면 아무리 대등하다 하더라도 그것은 벌써 '실례' 정도가 아니라 '굉장한 무례'가 되는 것이다.

이것은 상대가 여성인 경우 더욱 그렇다. 어떠한 지위에 있는 여성이라도 주목하는 것만으로는 충분치 못하며, 아부에 가까울 정도의 배려가 필요하다.

여성들에게는 그들의 사소한 희망 사항, 좋아하고 싫어하는 것, 취미·변덕뿐만 아니라 건방진 태도에까지 신경을 써야 한다. 가능하면 그녀가 무엇을 바라고 있는가를 추측해서 먼저 이야기를 꺼내는 세심함이 필요하다. 예의 바른 사람은 모두 그렇게 하고 있다.

잡다한 사람들의 모임에서 예의를 다하기 위해 취해야 할 행동을 일일이 열거하면 한이 없을 뿐만 아니라, 독자들에게도 실례라고 생각되므로 이쯤에서 그만하자.

그 뒤는 자신의 양식으로 판단하고 무엇이 이로운가를 늘 생각하면서 행동하기 바란다.

## ● 신분이나 지위가 낮은 사람이라도 적으로 만들지는 말아라

● ● ● ● ● ●

혹시 여러분은 거리에서 청소를 하는 사람이나 구두를 닦아서 생계를 유지하는 사람보다 자신이 태어나면서부터 우수하다고 생각하고 있지는 않은가?

하늘이 자신에게 주신 행운에 감사해야 한다. 그렇지만 불운하게 태어난 사람들을 멸시하거나 불필요한 말을 해서, 그들의 불운을 상기시키는 행동을 해서는 안 된다.

필자는 나와 동등한 부류의 사람을 대할 때 이상으로 신분이나 지위가 낮은 사람을 대하는 태도에도 신경을 쓰고 있다. 필자가 그렇게 신경을 쓰는 이유는 그 사람의 노력이나 실력 등과는 아무 관계 없이, 단순히 운명에 의해서 결정된 신분이나 지위의 차이를 새삼스럽게 들추어냄으로써 내가 시시한 자존심을 만족시키고 있는 것처럼 오해받고 싶지 않기 때문이다.

그런데 젊은이들은 대부분 거기까지 생각이 미치지 못하는 법이다. 명령적인 태도나 권위를 등에 업은 단정적인 말투를 용기 있는 자, 기개 있는 자의 증거라고 오해하기 쉽다.

생각이 미치지 않는 것은 단지 주의가 부족하기 때문인데 자칫하면, 신경을 쓰려고 하지 않는다거나 오만하다거나 또는 신분이 낮다고 업신여긴다는 오해를 받기 쉽다. 그렇게 되면 끝장이다. 상대방은 언제까지나 적의를 품게 된다.

물론 이럴 경우 나쁜 것은 젊은이 쪽이다. 상대가 화를 내는 것도 무리는 아니다.

신분이나 지위가 낮은 사람에게 신경을 쓰지 않고 어디에 주의를 기울이고 있느냐 하면, 그것은 일련의 지인(知人)이나 한층 뛰어난 사람들—즉 지위가 높은 사람, 유별나게 아름다운 사람, 인격자 등—이다.

그리고 그 이외의 사람은 주목할 만한 가치가 없다는 듯이 기본적인 예의조차도 표하려 하지 않는다.

사실을 말하자면 필자도 젊은 나이 때는 그랬었다. 매력적인 몇 사람의 마음을 붙잡는 데에만 필사적이었고, 나머지 사람은 별볼일 없다고 생각하여 통상적인 예의조차 갖추지 않았었다.

그래서 각료나 지식인이나 뛰어난 미인 등, 화려하고 눈에 띄는 인물에게만 한결같이 예의를 다하고, 어리석게도 그 밖의 사람에게는 전혀 예의를 차리지 않아 대부분의 사람 모두를 화나게 만들었다.

이런 어리석은 행동의 결과로 나는 남성에게도 여성에게도 많은 적을 만들고 말았다. 별볼일 없다고 취급했던 사람들이 내가 가장 좋은 평판을 얻고자 했던 장소에서 결정적으로 나의 평가를 깎아 내린 것이다.

나는 오만하다고 오해받았다. 그렇지만 사실은 분별이 모자랐을 뿐이었다.

옛 격언 중에 '인심을 얻은 왕이야말로 가장 태평하고 권력을 오래 유지할 수 있는 왕이다!' 라는 말이 있다. 신하의 충성을 원하거든 신하의 공포심을 사는 것보다는 오히려 인심을 얻으라는 뜻이다. 이와 똑같은 말은 지위가 낮은 우리들에게도 적용할 수 있다. 사람의 마음을 붙잡는 기술을 알고 있으면 무엇보다도 강한 힘을 갖고 있는 셈이다.


## ● 누구보다 가까운 사이라도 어느 정도의 예의는 지켜야 한다

● ● ● ● ●

다음에 이야기하고 싶은 것은, '그런 데서 실수를 할 리가 없다!' 고 하는 잘못된 생각에서 뜻하지 않게 실수하기 쉬운 예이다. 그렇다, 아주 친한 친구나 지인에 대한 행동에 관해서이다.

친한 친구들과 만나면 편안한 기분이 되어도 좋다. 아니, 그렇게 되는 것이 당연하다. 그러한 편안한 관계가 사생활에 즐거움을 주는 것은 확실하다.

그렇다고 해서 보통의 경우라면 절대로 발을 들여놓아서는 안 되는 영역까지 발을 들여놓아도 좋다는 뜻은 아니다. 말하고 싶은 대로 제멋대로 지껄여 댄다면 친구와의 즐거워야 할 대화도 즉시 짜증나 버린다.(자유가 지나치면 뜻하지 않게 몸을 망쳐 버리는 경우와 비슷하다.)

막연한 이야기로는 이해가 잘 되지 않을 테니 한 가지 확실한 예를 들어 보자.

아버지와 아들이 한 방 안에 있다고 하자.

아버지는 자신이 무엇을 해도 상관없다고 생각하고, 또 아들도 하고 싶은 대로 무엇이든 해도 좋다고 생각하고 있다고 하자. 그럴 때, 아버지와 아들 사이에 아무런 예의가 필요없다고 아버지가 생각하고 있는 줄 아는가?

그렇게 생각하면 오해이다. 누구보다 가까운 아들이라도 어느 정도의 예의를 지켜야 한다고 생각한다. 정도의 차이는 있겠지만 그것은 다른 사람에 대해서도 마찬가지이다.

만일 아들이 이야기하고 있는 동안 아버지가 줄곧 다른 생각을 하고 있거나 아들의 눈앞에서 크게 하품을 하는 등의 실수를 하거나 한다면, 아버지는 자신이 얼마나 야만스러운 행동을 한 것일까 하는 생각에 부끄러워질 것이다.

그렇게 되면 확실히 말할 수 있는 것은, 아들의 발길이 아버지로부터 멀어지는 것을 감수해야 한다.

그렇다! 아무리 친한 사이라도 둘 사이를 파괴하고 싶지 않으면, 그리고 오래 지속시키고 싶으면 어느 정도의 예의는 반드시 필요하다.

남편과 아내가(부부가 아닌 남자와 여자라도 좋다) 낮과 밤을 함께 지낼 때, 예의가 없이 시간을 보낸다면 어떻게 될까?

그렇다, 의좋은 정다움도 얼마 안 가서 깨지고 서로를 경시하게 될 것임에 틀림없다.

누구나 나쁜 점은 가지고 있다. 그것을 속속들이 드러내는 것은 예의에 어긋나는 일일 뿐만 아니라 무분별한 행동이다. 그렇다고 해서 아버지가 아들을 상대로 거창한 예의 범절을 드러내며 아버지의 의사를 표현할 생각은 없을 것이다.

그런 일을 한다면 이는 매우 부당하다. 자신에 대해서는 자신에게 알맞은 예의를 다하면 된다.

사람에 따라 적절히 예의를 차리는 것이 이치에 맞는 일이며, 또 서로가 언제까지나 사이좋게 지낼 수 있는 길이다. 지속적인 인간 관계를 유지하기 위해서는 그렇게 하는 것이 절대로 필요하다. 예의에 관해서는 이 정도로 해 두자. 그러나 하루의 절반은 예의를 몸에 익히는 데 소비하기 바란다.

## ● 원석原石 그대로 일생을 끝마치지 말아라

●●●●●

다이아몬드도 원석일 때는 아무런 쓸모가 없다. 물론 값어치는 있을지 모르지만 갈고 닦아져야 비로소 사람들이 몸에 지닐 수 있게 된다. 다이아몬드가 아름다운 것은 원석이 딱딱하고 밀도가 짙기 때문이다.

그렇지만 갈고 닦는다고 하는 최후의 마감 작업이 이루어지지 않으면 언제까지나 더러운 원석으로 남아 있게 되어, 기껏해야 호기심 많은 수집가의 진열장에 들어갈 뿐이다.

젊은이 여러분도 알맹이는 분명 밀도가 짙고 견고하다. (필자는 그렇게 믿고 있다) 여러분이 다음으로 할 일은 지금까지 했던 것처럼 끊임없이 노력하여 갈고 닦는 일이다.

자신이 사용법만 알고 있다면, 주위의 많은 사람들이 여러분을 멋있는 모양으로 조각하여 가장 찬란하고 아름다운 빛이 나도록 기꺼이 도와 줄 것이다.

# 젊은이에게 알려 주는
# 인생 최대의 교훈

자기 자신에게 결여되어 있는 것이
자식에게서 실현되는 것을 보고자 하는
것은 아버지의 경건한 소원이다.

—괴테(1749~1832, 독일의 문호)

## ● '언행은 부드럽게, 의지는 굳게'를 인생 최대의 교훈으로 삼아야 한다

●●●●●

'언행은 부드럽게, 의지는 굳게! 이 말만큼 인생의 모든 경우에 적용되는 말은 없다고 해도 과언이 아니다. 여기에서는 먼저 이 말을 구성하는 두 가지 요소, '언행은 부드럽게'와 '의지는 굳게'에 관해서 설명하고, 그 다음으로 이 두 가지가 하나가 되었을 때 어떠한 효과를 가져오는가에 대해서, 그리고 마지막으로 그 실천 방법에 대해서 언급하겠다.

196

사람을 대하는 언행이 부드러울 뿐 의지가 굳세지 못하면 어떻게 되는가? 붙임성이 좋을 뿐, 비굴하고 마음이 약하고 소극적인 인간으로 전락해 버린다.

의지는 굳센데 언행이 부드럽지 못한 사람은 어떨까? 그런 사람은 자칫하면 용맹스럽고 사나운 저돌적인 인간이 될 수 있다.

사실 양쪽을 다 갖추는 것이 바람직하지만 그런 사람은 찾아보기가 힘들다. 의지가 굳센 사람 중에는 혈기 왕성한 사람이 많으며, 그들은 언행이 부드러운 것을 '연약함'이라고 단정하여 무엇이든 힘으로만 밀어붙이려고 한다.

그런 사람은 상대방이 내성적이고 소심할 경우에는 자기 마음대로 일이 진행되지만, 그렇지 않을 경우에는 상대방의 분노나 반감을 사서 목적을 달성할 수 없다.

또, 부드러운 사람 중에는 교활한 사람이 많아 모든 것을 부드러운 대인 관계를 이용해 손에 넣으려고 한다. 이른바 팔방미인(八方美人)이다. 마치 자기 자신의 의지는 없는 것처럼, 임기응변으로 상황에 따라 교활하게 상대편에 맞추어 간다. 이런 사람은 설혹 몇몇 어리석은 사람은 속여넘길 수 있어도 대부분의 사람은 속일 수 없기 때문에 곧바로 가면이 벗겨진다.

사람을 대할 때 언행이 부드럽고 의지가 굳센, 이를테면 양면을 겸비할 수 있는 사람은 강압적인 사람도 팔방미인도 아니다. 다만 현명한 자일 뿐이다.

## ● 강한 의지일수록 부드러움으로 감싸라

● ● ● ● ●

그러면 이 두 가지를 겸비하고 있으면 어떤 이로운 점이 있는 가? 남에게 명령을 내리는 입장에 있을 경우, 공손한 태도로 명령을 하면 그 명령은 기쁘게 받아들여지고 기분좋게 실천으로 이어질 것이다.

그런데 반대로 무턱대고 강압적으로 명령하는 사람이 있다면 그 명령은 적당히 수행되거나 중도에서 내팽개쳐져 버린다.

예를 들면, 내가 부하에게 '술을 한잔 가져오라!'고 위압적으로 명령했다고 하자. 그렇게 명령했을 때, 그 부하가 술을 가져오긴 하겠지만 부하가 내 옷에 술을 엎지르는 행동까지도 각오해야 한다. 그런 일을 당할 만한 마땅한 처신을 했기 때문이다.

물론 명령을 내릴 때는 '복종하기 바란다!'라는 냉정하고도 강력한 의지를 보여 주는 일이 필요하다. 그렇지만 그것을 부드러움으로 감싸서 명령을 받은 사람이 불필요한 열등감에 휩싸이지 않도록, 즉 될 수 있는 대로 기분 좋게 명령에 복종할 수 있도록 배려하는 것도 필요하다.

그것은 여러분이 윗사람에게 무엇인가를 부탁할 때나 당연한 권리를 요구할 때도 마찬가지다. 공손한 태도로 행하지 않으면 자신의 부탁을 거절하고 싶어하는 사람에게 적당한 구실을 주어 버리는 셈이 된다.

그렇다고 해서 부드러움만으로 일이 성취되지는 않는다. 쉽사리 뒤로 물러서지 않는 끈기와 품위를 잃지 않는 집요함을 보여 주는 일이 중요하다.

사람들, 특히 지위가 높은 사람들은 도리에 맞는다는 이유로 문제를 일으키는 일은 좀처럼 없다고 말할 수 있다. 보통 때라면 정의를 위해서, 또는 국가의 이익을 위해서라는 이유를 내세워 거절할 만한 일이라도, 원한을 사는 것이 두려워서 고개를 끄덕이는 경우가 많이 있다.

언행을 부드럽게 해서 그들의 마음을 붙잡아야 한다. 그렇게 하면 적어도 거절을 당하는 오류는 범하지 않는다.

그리고 동시에 의지가 강하다는 것을 보여 줌으로써, 보통 때 같으면 들어 주지 않을 만한 일이라도 '귀찮으니까', 또는 '원한을 사는 것이 두려우니까' 하는 마음을 갖게 해서 반드시 성사되도록 만들면 좋다.

신분이 높은 사람은 주위의 여러 가지 청탁이나 불만의 소리에 익숙해져 있다. 이는 마치 외과 의사들이 환자가 호소하는 통증에 불감증이 되어 있는 것과 비슷해서, 하루 종일 똑같은 하소연을 듣다 보니 어떤 것이 진짜이고 어떤 것이 가짜인가의 구별도 힘들어지게 된다. 그러므로 일상적으로—공평한 입장에서 또는 인도적인 입장에서—호소해서는 좀처럼 들어 주지 않는다. 그래서 더 나아가 다른 감정에 호소할 수밖에 없다.

이를테면 부드러운 말씨와 태도로 상대방의 호의를 산다든가, 끈질기게 호소하여 '이제 그만 알았다!' 라고 굴복시킨다든가, 품위를 떨어뜨리지 않는 한도내에서 '내 부탁을 들어 주지 않으면 원한을 품겠습니다!' 라고 말하듯 냉담한 태도를 취하여 두려움을 갖게 한다든가 하는 식이다. 진정으로 강한 의지는 이러한 것이다. 결코 무턱대고 밀고 나가는 것이 아니다.

부드러운 언행과 강인한 의지를 겸비하는 것이야말로 멸시 대신 사랑을, 미움 대신 존경을 받는 유일한 방법이며, 또한 세상의 지혜 있는 자들이 한결같이 몸에 익히고자 하는 위엄을 체득하는 방법이기도 하다.


## ● 항상 길을 양보한다는 것과 온유하다는 것과는 아주 다르다

● ● ● ● ●

다음은 실천으로 이야기를 옮겨 보자. 감정이 폭발하여 사려 깊지 못한 무례한 말이 무의식 중에 입밖으로 나오면, 자신을 억제하고 언행을 부드럽게 해야 한다. 이것은 상대가 누구이거나를 막론하고 언제나 마찬가지이다. 감정이 분출하려고 하면 진정될 때까지 침묵을 지키거나 표정의 변화를 간파당하지 않도록 주의를 기울여라.(표정을 간파당한다는 것은 비즈니스에서는 치명적이다.)

하지만 그렇다고 해서 한 발자국도 양보할 수 없는 긴박한 대목에서 애교를 부리거나 상냥하게 굴거나 비위를 맞추는 등 연약하게 상대에게 아첨하는 짓 따위를 해서는 안 된다.

그럴 경우에는 공격 일변도로 집요하게 공격만을 반복하는 것이 좋다. 그렇게 하면 손에 넣으려고 노력했던 실체가 어김없이 손에 쥐어지게 마련이다. 온유하고 내성적이며 항상 길을 양보하는 사람은 사악한 인간이나 남의 고통을 이용하려는 인간에게 짓밟히고 바보 취급을 받을 뿐이다. 항상 길을 양보하는 대신에 하나의 강력한 뼈대가 있으면 존경을 받게 되고, 대개는 마음먹은 대로 일이 진행된다.

친구나 지인에 대해서도 마찬가지이다. 요지부동한 확고한 의지는 그들의 마음을 사로잡을 것이다. 그리고 부드러운 언행은 그들의 적을 자기의 적으로 만드는 위험을 방지해 준다. 자기의 적에게는 부드러운 태도로 다가가서 마음을 열도록 만들어야 한다.

동시에 상대에게 자신의 의지가 얼마나 강인한지를 보여 주어, 자기에게는 분개할 만한 정당한 이유가 있음을 인식시키는 것이 중요하다. 자기는 상대와 달라서 악의를 품는 따위의 속좁은 짓은 하지 않는다, 자기가 하고 있는 일은 분별력이 있는 정당한 행위임을 분명히 해 두어야 한다.

● **일의 교섭을 마음먹은 대로 진행시키는 비결은, 상대방에게 자신의 의지가 강함을 느끼게 하는 것이다**

●●●●●

일에 대한 교섭을 할 때도, 상대방에게 의지의 강인함을 느끼게 하는 것을 잊어서는 안 된다. 부득이 타협하지 않으면 안 될 때가 오더라도 그 전까지는 한 발자국도 물러서서는 안 되며, 절충안을 받아들여서도 안 된다. 타협해야 될 때가 되었다 싶으면 저항하면서 한 발자국 한 발자국 물러서야 한다.

그렇게 하면서도 여전히 부드러운 태도로 상대의 마음을 붙잡는 일을 잊어서는 안 된다. 상대의 마음을 붙잡게 되면 이해를 얻게 되어 마음을 움직일 수 있을지도 모른다.

떳떳하고 솔직하게 이렇게 말해 보면 좋다. "여러 가지 문제는 있습니다만 그렇다고 해서 귀하에 대한 저의 존경심이 변한 것은 아닙니다. 오히려 그 반대로 이번 일을 통해 귀하의 노력하는 모습을 보고 비범한 능력과 열의에 감복하였습니다. 이렇게 열심히 일을 하시는 분을 개인적으로 가까이 할 수 있다면 얼마나 기쁠까, 라고 생각하고 있습니다."라고 말해 본다.

이처럼 '언행은 부드럽게, 의지는 굳게'를 시종일관 밀고 나간다면 대개의 교섭은 성공적으로 이루어진다. 적어도 상대가 마음먹은 대로는 쉽게 끌려가지 않는다.

## ● 자기의 의지를 관철하려면 《북풍과 태양》의 이야기처럼 해야 한다

●●●●●

필자가 '언행은 부드럽게'를 강조하고 있지만, 그것이 온순하기만 한 부드러움이 아니라는 것은 이제 여러분도 이해하고 있을 것이다. 온순하기만 한 부드러운 언행은 소용이 없다. 자기 의견은 분명히 말해야 하며, 다른 사람의 의견이 틀렸다고 생각되었을 때는 틀렸다고 말해야 한다.

필자가 문제로 삼고 있는 것은 말하는 방법이다. 즉 말할 때의 태도·분위기·용어를 선택하는 방법, 목소리 등을 모두 부드럽고 상냥하게 하라는 것이다. 거기에는 억지로 하는 모습이나 꾸며낸 부드러움이 있어서는 안 된다. 자연스러워야 한다.

남과 다른 의견을 말할 때도 상냥하고 품위 있는 표정을 지으면서 부드럽게 말하는 방법을 선택하도록 한다.

"제가 어떻게 생각하고 있는가를 물으신다면, 저는 이렇게 대답하겠습니다. 하기야 그렇게 확신을 가지고 있는 것은 아닙니다만…."이라든가, "확실히는 모릅니다만 아마 이런 뜻이 아닐까요…."라는 등의 말투를 사용하면 좋다.

부드러운 말투라고 해서 설득력이 결코 없는 것은 아니다. 도리어, 《북풍과 태양》의 이야기처럼 해야 상대의 마음을 붙잡을 수 있다.

　그리고 토론은 기분 좋게 끝내야 한다. 자기도 상처를 입지 않았고, 상대의 인격을 손상시킬 생각도 없음을 분명히 보여 주어야 한다. 의견의 대립은 일시적임에도 불구하고, 자칫하면 서로를 멀어지게 만들 수 있다.

　태도가 뭐 대수냐라고 말할지 모르지만 태도도 내용과 똑같이 중요하다. 호의(好意)로 행한 것이 적을 만들고, 심술궂은 마음으로 행한 것이 친구를 만들기도 하는 등, 태도 여하에 따라서 상대가 받아들이는 기분이 달라진다.

　표정·말하는 방법·용어의 선택·발성·품위 들이 부드러우면 '언행은 부드럽게' 되고 거기에 '강인한 의지'가 더해지면 위엄이 붙어 사람들의 마음을 틀림없이 사로잡게 될 것이다.

## ● 야무지지 않으면 세상을 살아갈 수 없다

● ● ● ● ●

세상에는 다소 전략적일지 모르지만, 순박한 '살아가는 지혜' 같은 것이 있어, 그것을 깨닫고 재빨리 실천한 자가 많은 사람의 마음을 붙잡아 가장 먼저 출세한다고 말할 수 있지 않을까?

젊은이는 자칫 이런 것을 몹시 혐오할 수 있지만, 필자가 지금부터 독자에게 이야기하려는 것은 먼 훗날에 분명히 여러분이 '알아 두었더라면 좋았을 걸!' 하고 되새기게 될 지혜이다.

살아가는 지혜의 근본은 뭐니뭐니 해도 감정을 겉으로 드러내 놓지 말 것, 말이나 동작이나 표정으로 인해 마음이 동요하고 있음을 타인에게 간파당하지 않도록 하는 일이다.

간파당했다가는 아무 소용이 없다. 젊은 사람은 조종이 능숙하고 냉정한 상대편에게 이용당할 수 있다. 이것은 직장 생활에 한정된 문제가 아니다. 일상 생활에서도 어느 틈엔가 상대에게 조종당할 가능성이 얼마든지 있다.

싫은 소리를 들으면 노골적으로 화를 내거나 표정이 변하는 사람, 반가운 소리를 들으면 뛸 듯이 기뻐하거나 환호성을 지르는 사람, 이런 사람은 교활한 인간들의 희생양이 되기 쉽다. 교활한 사람은 고의적으로 상대방에게 화가 나는 말이나 기뻐하는 말을 던져 상대의 반응을 살펴본다. 그래서 마음이 평정하다 싶으면 알려지지 않은 비밀을 캐내려고 한다.

자만심 넘치는 자도 마찬가지이다. 다른 점이 있다면 자기도 교활한 인간과 똑같은 짓을 하지만, 자기의 이익으로는 삼지 못하고 주위 사람들의 이익에 공헌한다는 점이다.


### ● 자신의 성격을 변명으로 이용하지 말아라

●●●●●

냉정한가 냉정하지 않은가는 하나의 성격이며, 그것을 의지의 힘으로는 어찌할 수 없는 게 아니냐고 여러분은 반문할지도 모른다. 확실히 냉정한가 냉정하지 않은가는 그 사람의 성격에 의해 좌우되는 수가 많다. 그렇지만 우리들은 무엇이든지 성격의 탓으로 돌려 변명하는 경우가 많다.

마음먹고 노력을 한다면 조금은 개선할 수 있는 부분이 있다고 필자는 생각한다. 보통 사람은 이성보다 성격을 우선으로 취급하는 경향이 있다. 그러나 이것은 노력하면 그 반대의 일, 곧 이성으로 성격을 억제하는 습관을 몸에 익힐 수 있다고 생각한다.

만일 갑자기 감정이 폭발하여 억제할 수 없으면 감정이 진정될 때까지 우선 입을 다물고 있는 것이 좋다. 얼굴 표정도 가능한 한 그대로 평정한 상태로 꾸며 보는 것이 바람직하다. 평상시에 명심하고 있으면 틀림없이 그렇게 할 수 있다.

가끔씩 여러분은 똑똑한 말이나 재치 있는 말, 또는 멋진 말 등을 무의식중에 하고 싶겠지만, 이런 말들은 찬사를 받을지 몰라도 호의적으로 받아들여지지는 않는다. 도리어 적을 만들 수 있으니 주의하기 바란다.

반대로 만일 누군가로부터 나 자신을 빈정대는 말을 듣거든, 가장 좋은 방법은 못 들은 체하는 것이다. 직접 들었기 때문에 그렇게 할 수 없다면, 그들과 덩달아 웃으면서 상대가 말한 내용을 인정하여 '재치 있는 비방 방법'이라고 말한다. 그렇게 함으로써 부드럽게 그 자리를 지나쳐 버린다.

무슨 일이 있어도 즉각적으로 똑같이 반격해서는 안 된다. 그런 짓을 한다면, 자기가 상처 입었음을 공표하는 것과 같아서 모처럼의 수고도 물거품이 되어 버린다.


## ● 자신의 속마음을 간파당해서는 좋은 일을 할 수 없다

● ● ● ● ●

무슨 일을 교섭함에 있어서 혈기 왕성한 인물을 상대할 때만큼 좋은 결과를 얻는 경우는 없다. 상대편은 혈기가 왕성하기 때문에 사소한 일에도 마음이 교란되어, 터무니없는 말을 입밖에 내거나 표정으로 나타낸다. 그런 사람을 상대할 때는 여러 가지로 추측하여 표정을 관찰하면 좋다.

그러면 반드시 그 진의를 알 수 있다. 비즈니스에서는 상대의 속마음을 읽을 수 있느냐 없느냐가 성공의 열쇠이다. 자기의 감정이나 표정을 숨길 수 없는 사람은 그렇게 할 수 있는 사람의 손에서 놀아나기 쉽다. 다른 모든 조건이 대등할 때에도 그러하므로, 상대가 이미 수준급인 경우에는 더더욱 불리하다.

그러면 독자는 '시치미를 떼라는 말씀입니까?' 라고 말할 것이다. 그렇지만 그렇게 행동하는 것이 잘못은 아니다. 옛날부터 전해 오는 말 중에 '속마음을 간파당해서는 사람을 제압할 수 없다.' 는 것이 있다. 나는 더 극단적으로 이렇게 말하고 싶다. '속마음을 간파당해서는 일을 성취시킬 수 없다.' 라고.

똑같이 시치미를 떼는 것이지만, 속마음을 간파당하지 않기 위해 시치미를 떼는 것과 상대편을 속이기 위하여 시치미를 떼는 것과는 크게 다르다.

여러분도 알겠지만 나쁜 것은 후자의 경우이다. 사람을 속이기 위해서 감정을 숨기는 것은 도덕에 어긋날 뿐만 아니라 비열한 행위라고 말할 수 있다.

베이컨은 다음과 같이 말했다.

"상대방을 속이는 것은 진정한 지적 인간이 할 일이 아니다. 속마음을 간파당하지 않기 위하여 감정을 감추는 것은 트럼프의 카드를 보이지 않는 것과 같지만, 상대방을 속이기 위하여 그렇게 하는 것은 상대방의 카드를 훔쳐보는 것과 다름없다."

정치가인 볼링브로크도 그의 저서에서 다음과 같이 말하고 있다.

"남을 속이기 위하여 감정을 감추는 것은, 마치 칼을 휘두르는 것과 같아 바람직하지 않은 행위일 뿐만 아니라 불법 행위이다. 칼을 사용하면, 그것에는 어떠한 이유도 변명도 통용되지 않는다."

한편 속마음을 간파당하지 않기 위해 감정을 감추는 것은 방패를 드는 것과 같고, 기밀을 보전하는 것은 갑옷을 입는 것과 같다. 어느 정도 감정을 감추지 않으면 기밀을 보전할 수 없고, 기밀을 보전할 수 없으면 일이 잘 성사되지 않는다.

이는 귀금속에 다른 금속을 섞어서 합금하여 경화를 주조하는 기술과 흡사하다. 훌륭한 합금의 비결은 각기 다른 금속을 조금씩 잘 섞는 일이지만 너무 지나치게 많이 섞으면(비밀주의가 지나쳐 교활함이 되는 것처럼), 경화는 통화로서의 가치를 잃고, 주조자의 신용도 떨어진다.

마음 속에 감정의 폭풍이 아무리 거칠게 불어도 그것이 얼굴이나 언행에 나타나지 않도록, 완전히 자기의 감정을 감출 수 있도록 노력하라. 힘든 일이지만 불가능한 일은 아니다. 지성인은 불가능에는 도전하지 않지만, 아무리 곤란한 일이라도 추구할 가치가 있는 일이라면 두 배의 노력을 하더라도 반드시 이루어내는 법이다. 여러분도 분발해 주기 바란다.

## ● 용서받을 수 있는 거짓말을 재치 있게 사용할 수 있어야 제 몫을 하는 인간이 된다

● ● ● ● ●

모르는 체한다는 것은 때로는 크게 도움이 되는 지혜가 아닐까? 예를 들어 누군가가 무슨 이야기를 하려고 할 때 그 사람이 묻는다. "이런 이야기 아십니까?" 여러분은 대답한다. "아뇨!" 설령 알고 있더라도 모르는 체하여 상대편이 계속 이야기하도록 유도한다.

이야기하는 것에 기쁨을 느끼는 사람이 있다. 지적인 발견을 이야기하고, 그것으로 자존심을 만족시키는 사람도 있다. 이런 중요한 이야기를 들려 줄 만큼 자기가 신뢰를 받고 있다는 것을 표시하고 싶어서 말을 하는 사람도 많이 있다.

"이런 이야기 아십니까?" 라고 물었을 때, 독자가 "예!" 하고 대답해 버리면 상대방은 분명 실망해 버릴 것이다. 그리고 결국은 '눈치가 없는 사람' 이라 하여 여러분을 상대하기 싫어할지도 모른다.

개인적인 중상이나 추문은 귀에 못이 박일 정도로 들었더라도, 마음을 터놓을 수 있는 친구가 아니라면 들은 적이 없는 체하는 것이 좋다. 그러므로 그런 화제가 오르면, 실은 다 알고 있는 이야기라 할지라도 항상 처음 듣는 듯이 보이고, 또한 공통적인 의견에는 따라가는 편이 좋다.

이처럼 언제나 아무것도 모른다는 듯이 남의 이야기를 잘 들어 주면 우연하게 정말로 몰랐던 정보를 완벽하게 터득하게 되는 일도 생길 것이다. 그리고 실은 이것은 정보를 수집하는 최고의 방법이기도 하다.


## ● 무적의 아킬레우스도 전장에 나갈 때는 완전 무장을 했다

대개의 인간은 아무리 하찮은 소재라도 말하려 하고, 단 한 순간만이라도 우위에 서서 허영심을 만족시키고자 원하는 법이다. 그래서 말해서는 안 되는 일이라도 상대편이 모르는 것을 자기가 가르칠 수 있음을 과시하고 싶어서, 그만 자기도 모르게 입을 열고 지껄인다.

그럴 때, 모르는 체 가장하고 시치미를 떼면 정보를 얻을 수 있는 일 이외에도 득을 보는 일이 많다. 상대방은 여러분을 정보를 입수하는 일에 무관심하다고 간주하여, 음모나 나쁜 계략과는 아무 관련이 없는 인물이라고 믿어 버린다.

그렇다고 하더라도 정보는 수집해야 한다. 어설프게 들은 정보는 자세히 조사하지 않으면 안 된다. 정보를 수집할 때는 현명한 방법을 취해야 한다. 귀를 곤두세워서 자세히 들으려 하거나 직접 질문하는 것은 현명한 방법이 아니다.

그런 짓을 하면 상대편은 경계 자세를 취하고, 쓸데없는 똑같은 이야기를 몇 번이고 되풀이하게 되어 시시한 정보밖에 얻을 수 없게 된다.

모르는 체 시치미를 떼는 것과는 반대로, 당연히 모든 것을 알고 있는 체하는 것도 때로는 효과가 있다. ‘그래, 바로 그렇다.’ 라며 친절하게 모든 것을 이야기해 주는 사람이 있는가 하면, ‘이런 이야기를 들었는지 모르지만 사실은….’ 하고 말해 주는 사람도 있다. 또는 ‘모르는 것은 또 없느냐?’ 하고 이것저것 캐물으면서 정보를 제공해 주는 사람도 있다.

이러한 생활의 지혜를 능수능란하게 활용하기 위해서는 항상 자신이나 자신의 주변에 주의를 기울이고 냉정하지 않으면 안 된다.

무적이었던 아킬레우스도 싸움터로 나갈 때는 완전 무장하였다. 사회는 젊은이에게는 싸움터와 다름없다. 항상 완전 무장하고, 또한 취약한 곳에서는 갑옷을 한 벌 더 겹쳐 입을 마음의 준비가 되어야 한다. 조그마한 부주의, 사소한 방심이 목숨을 빼앗아 간다.

## ●두 가지의 친분 관계를 지혜 있게 이용하여라

● ● ● ● ● ●

우리들의 사회에서는 연고 관계가 필요하다. 신중하게 관계를 구축하고 그것을 잘 유지할 수 있으면, 그러한 친분 관계를 가진 자는 틀림없이 성공한다.

친분 관계에는 두 가지가 있다. 여러분은 그 차이를 항상 염두에 두고 행동하기 바란다.

첫째는, 대등한 연고 관계이다. 이것은 소질도 역량도 거의 비슷한 두 사람이 구축하는 우호적인 관계로서 비교적 자유로운 교류와 정보 교환이 이루어진다.

이것은 서로의 능력을 인정하고, 상대편이 자기를 위해서 힘써 준다는 확신이 없으면 성립되기 어렵다. 그 밑바탕에 흐르고 있는 것은 상대편에 대한 존경심이다.

거기에는 가끔 서로의 이해 관계가 대립되는 일이 있더라도 결코 파괴되지 않는 상호 의존 관계가 있어서, 조금씩 서로 양보하여 최종적으로 합의가 이루어져 동일한 행동을 취하게 된다.

필자가 여러분에게 바라고 싶은 것은 바로 이러한 대등한 관계이다. 두 사람은 모두 거의 같은 시기에 사회에 진출하게 된다. 이 때 그런 사람과 대등한 능력과 집중력이 있다면, 여러분들은 다른 젊은이들과도 손을 잡고 모든 행정 기관이 무시할 수 없는 집단을 조직할 수 있다.

그렇게 함으로써 남들보다 높은 곳으로 뻗어 올라갈 수 있게
된다.

또 하나는 대등하지 않은 연고 관계이다. 한쪽에는 지위나 재
산이 있고, 또 한쪽에는 소질과 능력이 있는 경우가 그것이다.
이 관계에서 은혜를 받을 수 있는 것은 한쪽뿐이고, 그 은혜가
표면에 나타나지 않도록 교묘하게 덮여져 있는 경우가 많다.

은혜를 받는 쪽은 상대편의 비위를 맞추기 위해 노력하며 마
음에 들도록 행동한다. 그리고 상대편의 우월감을 꾹 참고 지켜
본다. 은혜를 베푸는 쪽은 핵심을 조종당하여 머리가 말을 듣지
않는 상태로 자기는 상대편을 잘 조정하고 있는 줄 알지만 사실
은 자기 혼자만 그렇게 생각하고 있을 뿐, 사실은 상대편이 마
음먹은 대로 춤추고 있다. 이런 사람을 교묘하게 다룬다면 조종
하는 쪽이 커다란 이익을 얻는 경우가 많다.

그 밖에도 비슷한 예는 셀 수 없이 많다. 한쪽에만 이익을 가
져다 주는 관계는 일반화되어 가는 추세이니 더욱 관심을 갖기
바란다.

## ● 라이벌에게 냉담하게 대한다고 해서 자기 소원이 성취되는 것은 아니다

●●●●●

자기가 싫어하는 사람을 사려 깊은 태도로 대하기 위해서는 어떻게 하면 좋은가를 알아 두는 것은 무엇보다도 중요하다.

그런데 그것을 알고 있어도, 막상 실천하려고 하면 여간해서 잘 되지 않는 것이 젊은이들이다.

그들은 보잘것없는 일에도 흥분하여 앞뒤를 가리지 못하는 경우가 있다. 직장 생활이나 연애(戀愛)에 있어서도 그렇지만, 자기 생각에 상반되는 말을 들으면 당장에 상대를 싫어하곤 한다.

젊은이들에게는 라이벌이 적과 다름없다. 그래서 라이벌이 눈앞에 나타나면, '노력해서 잘 행동해야지….' 하고 마음을 먹어도 어색하고 냉담한 태도나 무례한 태도를 취하며, 사람에 따라서는 어떻게 해서든지 상대편을 때려눕힐 방법은 없을까 하고 궁리하기도 한다.

이것은 터무니없는 논법이다. 상대에게도 선호하는 직장이나 여성을 선택할 권리가 있다. 그런 짓을 하는 것은 통찰력이 부족한 증거이다. 라이벌에게 냉담하게 대한다고 해서 자기 소원이 성취되는 것은 아니다. 그렇게 되기는커녕 라이벌끼리 으르렁대고 싸우고 있는 틈에 제삼자가 들어와서 알맹이를 빼앗아 가는 일이 벌어질 수 있다.

물론 사태는 그리 단순하지 않다. 그것은 인정한다. 어느 쪽도 그리 간단하게 방향을 전환할 수 있는 것이 아니고, 일이든 연애든 간섭받기를 원치 않는 미묘한 문제임에는 틀림없다. 근본적인 원인은 제거할 수 없다 하더라도 결과가 어떻게 될 것인가 정도는 짐작할 수 있다.

가령 두 사람의 연적이 서로 노려보고 있다고 하자. 두 사람이 서로 불쾌한 표정을 짓고 외면하거나 욕지거리를 하고 있으면, 그 자리에 있던 사람들은 틀림없이 불쾌해질 것이다. 그리고 그들이 사랑하는 여성도 불쾌한 생각을 갖게 된다.

그렇지만 어느 쪽이든 둘 중의 하나가 진심은 어떻든 간에, 표면적으로는 연적에게 상냥하고 자연스럽게 대한다면 어떻게 될까? 그러면 사랑하는 여성은 다른 한쪽의 인물이 상대적으로 초라하게 보여, 상냥한 남성 쪽에 호의를 갖게 될 것이다.

한편, 언짢은 듯이 대하는 남성은 상대방의 상냥한 태도를, 그녀에 대한 자신감의 표현이라고 해석하여, 그 여성을 책망할 것임에 틀림없다. 그러면 그 여성도 이성 없는 남자의 태도에 화를 내어, 두 사람 사이는 더욱 벌어지게 될 것이다.

## ● 좋은 라이벌의 존재가 일을 성공시키는 결정적인 열쇠가 될 수 있다

● ● ● ● ●

일의 라이벌도 마찬가지이다. 자신의 감정을 누르고 표면적으로 냉정해질 수 있는 사람은 라이벌에게 이길 수 있다.

프랑스 사람들은 '은근한 태도' 라는 말을 즐겨 사용하는데, 이 말은 연적에게 혐오감을 노골적으로 나타내는, 마음이 좁은 인간에게는 각별히 상냥한 태도로 대하라는 뜻이다.

이해하기 쉽게 설명하기 위해서 필자의 경험담을 이야기해 보겠다. 여러분이 똑같은 상황에 서게 되었을 때, 나의 말을 상기하여 도움을 받기 바란다.

필자가 네델란드의 헤이그에 가서, 오스트리아 계승 전쟁에 대한 전면 참전을 요청하고 구체적인 군대의 수를 결정하는 등의 교섭을 성립시키고 돌아왔을 때의 이야기다.

헤이그에는 아주 유명한 대수도원장이 있었는데, 그는 프랑스 편에 서서 어떻게 해서든지 네델란드의 참전을 저지하려 하고 있었다. 나는 이 대수도원장이 두뇌가 명석하고 마음이 따뜻하며 부지런한 인물이라는 말을 듣고서, 서로 오랜 숙적이기에 친교를 깊게 할 수 없는 처지를 몹시 유감스럽게 생각했다. 그렇지만 제삼자가 마련한 자리에서 어떤 인물을 통해서 그를 소개받고 처음으로 그를 보았을 때, 나는 이렇게 말했다.

"나라끼리는 적대하고 있습니다만, 우리끼리는 그것을 초월하여 서로 가까이 지낼 수 있다고 생각합니다." 그랬더니 대수도원장도 "저도 그렇게 생각합니다."라고 정중한 태도로 대답해 주었다.

그로부터 이틀 후에 내가 아침 일찍 암스테르담 의회에 나가 보니, 그 곳에는 이미 대수도원장이 나와 있었다. 나는 대수도원장과 초면이 아니라는 사실을 대의원들에게 이야기하고서 부드러운 미소를 지으며 이렇게 말하였다.

"나의 오랜 숙적이 여기에 있는 것을 보고 대단히 유감스럽게 생각하고 있습니다. 이렇게 말씀드리는 것은, 이분의 능력은 이미 나에게 공포심을 품게 했기 때문입니다. 이래 가지고는 공평한 싸움이 되지 않습니다. 부디 이분의 힘에 굴복하지 말고 이 나라의 이익만을 생각하도록 부탁드립니다."

나는 이 날 이 말을 모두 하지는 못했다 하더라도, 마지막의 한 마디만은 무슨 일이 있어도 했었다고 기억된다.

나의 말을 듣고 그 자리에 있던 사람 모두가 미소를 지었다. 대수도원장도 나로부터 정중한 찬사를 받은 것이 그리 싫지 않은 모양이었고, 15분쯤 지나자 나를 남겨 두고 자리를 떠났다.

나는 설득을 계속하였다, 전과 다름없는 태도로. 그렇지만 전보다 더 진지하게 말을 이어나갔다.

"내가 여기에 온 이유는 네델란드의 국가 이익을 위해서입니다. 오직 그것뿐입니다. 나의 친구는 여러분의 눈을 현혹시키기 위하여 허식이 필요했습니다. 그러나 나는 일체 그런 것을 벗어 던지고 말씀드리고자 합니다.”

나는 목적을 달성하였다. 그리고 그 후 대수도원장과도 여전히 같은 상태로 교제하고 있다. 제삼자가 마련한 장소에서 만났을 때도 물론이지만, 지금도 변함없이 뽐내지 않는 정중한 태도로 대하면서 그의 근황 등을 묻고 있다.


## ● 사회에서는 상냥하게 대하는 태도, 그리고 매사에 신중을 기하는 태도가 필요하다

● ● ● ● ●

어엿한 한 훌륭한 사람이 라이벌에 대해서 취하는 태도에는 두 가지가 있다. 하나부터 열까지 상냥하게 대하든가, 아니면 상대를 때려눕혀 버리든가 이 두 가지 중 하나이다.

만일 상대가 갖가지 술수로 자기 자신을 모욕하거나 경멸한다면 여러분은 망설일 것 없이 때려눕혀도 좋다. 그렇지만 단지 약간의 마음의 상처를 입은 정도라면 표면상 예의 바르게 행동해야 한다. 그렇게 하는 것이 상대에 대한 보이지 않는 복수가 되고, 분명 자신을 위한 일이기도 할 것이다.

이것은 상대편을 속이는 일이 아니다. 여러분이 그 사람의 가치를 인정하고 친구가 되고 싶다면 비겁한 태도일지 모르지만, 그런 사람하고는 친구가 되지 않는 것이 좋고, 또 필자도 친구가 되라고 권하지 않겠다.

공적인 자리에서 드러나게 실례되는 행동을 취하는 사람에게 정중하게 그의 무례를 이야기한다고 해서 책망받을 사람은 없다. 보통의 경우 그 자리를 원만하게 수습하고, 주위에 있는 사람들에게 불쾌감을 주지 않도록 노력하고 있을 뿐이라고 사람들은 생각할 것이다.

세상에는 개인적인 취미나 질투 때문에 자신의 생활을 교란시켜서는 안 된다는 무언의 약속이 있기 때문이다. 그것을 무시한 채 침해하는 자는 세상 사람들의 웃음거리가 될 뿐 결코 동정을 받지 못한다.

사회는 심술궂음·증오·원한·질투 등이 소용돌이치는 곳이다. 노력가보다는 적지만, 열매만을 따 가는 교활한 인간도 있다. 또 흥망성쇠도 심하다. 오늘 흥했는가 싶으면 어느새 내일 망해 버린다.

이런 속에서 생활하려면 예의 바름이나 부드러운 언행 등의 본질과는 별로 상관없는 장비(裝備)를 몸에 지니고 있어야 한다. 아군이 언제 적이 될지 모르며, 적이 언제 같은 편이 될지 모르기 때문이다.

바로 그렇기 때문에, 사회의 일원인 여러분은 마음 속으로 미워하면서 겉으로는 상냥하게 대하는 태도, 그리고 매사에 신중을 기하는 태도가 필요하다.


## ● 편지를 쓸 때는 이해하기 쉽도록 뜻을 정확하게 적어, 두 번 읽는 일이 없도록 각별히 신경을 써야 한다

● ● ● ● ● ●

이미 여러분이 사회인으로서의 첫발을 내디뎠다면 누구라도 대성하기를 필자는 간절히 바라고 있다. 이 세상에는 실천이 무엇보다 중요한 공부이다. 그러나 그와 동시에 매사에 일을 함에 있어서 배려와 집중력이 필요하다.

편지 쓰는 일을 예로 들어, 독자에게 도움말을 주고 싶다. 이것에는 사회인이 상식적으로 몸에 지녀야 할 요소가 잘 집약되어 있다고 생각되기 때문이다.

첫째 비즈니스 편지를 쓸 때는 명석해야 한다는 점이 중요하다. 세상에서 가장 머리가 우둔한 사람이 읽더라도 이해하기 쉽도록 뜻을 정확하게 적어 처음부터 다시 읽는 일이 없을 정도로 각별히 신경을 쓰도록 한다.

그러기 위해서는 '정확성'이 무엇보다 요구된다. 나아가 품위가 첨가된다면 더할 나위없다.

비즈니스 편지에는 일반적인 편지에 쓰듯이 상대방이 좋아하

는—물론 정확하게 사용될 경우의 이야기지만—은유나 비유·
대조·경구 등을 피해야 한다. 이런 표현은 어울리지 않는 느낌
이 들어 주의해야 한다. 차라리 산뜻하고 품위 있게 정리되어
있는 문장, 구석구석까지 빈틈없는 배려를 느낄 수 있는 내용이
바람직하다. 복장에 비유해서 말하자면 정장은 비교적 좋은 느
낌을 주지만, 지나치게 치장하거나 깨끗하지 못한 것은 좋은 느
낌을 주지 않는다. 또 문장을 쓸 때, 단락마다 제삼자의 눈으로
다시 읽어 보아, 곡해될 대목은 없는지 검토해야 한다.

대명사나 지시 대명사에는 반드시 주의해야 한다. '그것',
'이것', '본인' 등을 많이 사용하여 오해를 초래할 소지가 있다
면 다소 길어지더라도 명확히 'OO씨', 'OO의 건'이라고 명
시하는 게 낫다.

비즈니스 편지라고 해서 정중함이나 예의를 무시해도 좋다는
법은 없다. '귀하를 알게 되어 명예롭게 생각하여….' 라든가
'소인의 의견을 말씀드리자면….' 처럼 경의를 표하는 것이 필요
하다. 해외에 있는 외교관은 자기 나라에 편지를 보낼 때는 대
개 각료나 지원자(또는 지원자가 되어 주기를 바라는 사람)에게
편지를 쓰는 일이 많으므로 특히 이 점에 주의하지 않으면 안
된다.

편지지를 접는 법, 봉함을 하는 방법, 수신자의 주소나 성명
쓰는 법, 그런 것에도 그 사람의 인격이 나타나는 법이다.

좋은 인상을 주는 편지, 나쁜 인상을 주는 편지는 아주 작은 부분에서 시작된다. 자신은 그렇게 생각하고 있지 않은 것 같지만, 세세한 점에까지 세심하게 신경쓰기를 잊지 말아야 한다.

비지니스 편지에 반드시 필요한 사항은 아니지만, 그래도 없는 것보다는 있는 편이 나은 것이 바로 품격이다. 화사하지 않고 달필이어야 한다는 것은 그런 뜻에서 중요한 요소이다. 이것은 비즈니스 편지의 마무리라고 말할 수 있는 것이므로, 아직 토대가 완성되어 있지 않은 젊은이에게 이런 어려운 부분까지 요구하는 것은 삼가기로 하겠다. 그것은 젊은 여러분이 더 성장한 후에 점검해 보도록 하자.

문자나 문체를 지나치게 장식하면 도리어 역효과가 난다. 간소하면서도 고상하게, 그리고 위엄을 느끼게 하는 문체가 가장 좋다. 그러한 편지를 쓰도록 유의해야 한다.

문장의 길이는 너무 길어도 안 되고 너무 짧아도 안 된다. 의미가 분명하게 전달되는 길이가 바람직하다. 요즘 젊은이들은 곧잘 철자법이 틀리는데 그것도 남들의 비웃음을 살 수 있다. 조심하도록 해야 한다.

또한 글씨를 잘못 쓰는 젊은이들을 도저히 이해할 수 없다. 보통의 사람들, 즉 눈과 손을 사용할 수 있는 사람은 아름다운 글씨를 쓸 수 있다고 생각하는데 말이다. 나는 여러분이 글씨를 좀더 잘 쓰게 되기를 바란다.

## 작은 일에 있어서는 대범한 자, 큰 일에 있어서는 소심한 자가 되지 말아라

나는 여러분이 글씨를 쓸 때 글씨 교본의 책에 나온 것처럼 한 자 한 자 신중하게 긴장해서 글씨를 쓰라는 것이 아니다. 사회인은 재빨리 아름답게 쓸 수 있어야 한다. 그러기 위해서는 실천이 필요하다. 지금 아름다운 글씨를 쓰는 습관을 몸에 익혀 두는 것이 좋다. 그렇게 하면 신분이 높은 사람에게 편지를 쓸 일이 생겼을 때도, 글씨와 같은 사소한 것이 걱정을 하지 않고 내용에만 정신을 집중시킬 수 있다.

젊었을 때의 수업이 부족했기 때문에, 유사시에 큰 일을 다룰 능력이 없어서 사람들의 비웃음을 산 남자가 있다. 이 인물을 사람들은 '작은 일에 있어서는 대범한 자, 큰 일에 있어서는 소심한 자' 라고 불렀다고 한다. 큰 일에 대처해야 할 마음을 작은 일에 빼앗겼기 때문이다.

아직 젊은 여러분은 지금 작은 일에 대처하는 시기에 있고 또 그런 지위에 있다. 지금은 작은 일을 잘 마무리 짓는 습관을 몸에 익혀 두는 것이 좋다.

머지않아 여러분에게도 큰 일이 맡겨질 때가 올 것이다. 그때 작은 일에 걱정을 하는 소심한 사람이 되지 않도록 지금부터 미리 준비를 해 두어야 한다. ♥